Sêr y Nos yn Gwenu

I Chris, Dafydd, Lowri,
Sara, Grug, Grant, Nina a Phil.

Sêr y Nos yn Gwenu

Casia Wiliam

Diolch i griw GwyrddNi am fynd â fi ar daith a hanner dros y deunaw mis diwethaf, ac am fy atgoffa o werth cymuned a chydweithio. Hebddoch chi i gyd, a GwyrddNi, fasa'r stori hon ddim yn bod.

Diolch i Lynwen am greu'r clawr perffaith.

Diolch i Meinir yn Y Lolfa am ei llygaid craff yn ôl yr arfer.

Ac wrth gwrs, diolch, wastad, i Tom; nid yn unig am fy helpu efo gwybodaeth am drwsio beics ond am ei hyder a'i ffydd diddiwedd, ac am fy annog, bob amser, i sgwennu.

Argraffiad cyntaf: 2023

Dymuna'r cyhoeddwyr gydnabod cymorth ariannol Cyngor Llyfrau Cymru.

Cynllun y clawr: Lynwen Lloyd Hughes

Rhif Llyfr Rhyngwladol: 978 1 80099 356 3

Cyhoeddwyd ac argraffwyd yng Nghymru gan
Y Lolfa Cyf., Talybont, Ceredigion SY24 5HE
gwefan www.ylolfa.com
e-bost ylolfa@ylolfa.com
ffôn 01970 832 304

1

Mi fyddai'n ddigon hawdd camgymryd Canolfan Gymunedol Llanfechan am garchar. Ar y drws ffrynt roedd twll clo ar gyfer y brif allwedd, pedwar clo clap ychwanegol, un follt anferthol (pwy a ŵyr pa jocar osododd honno ar yr ochr allan) a chwe bollt arall ar y tu mewn.

"Guantanamo Bay, eat your heart out!" meddai Leia wrth wylio Kevin Moss yn straffaglu gyda'r holl oriadau, ond un ai roedd Kevin yn drwm ei glyw neu doedd o ddim yn gwerthfawrogi ei synnwyr digrifwch ffraeth.

Wrth i'r drws agor yn araf bach daeth aroglau i groesawu'r ddau, aroglau oedd yn mynd â Kevin yn ôl i ddyddiau clwb ieuenctid, partïon pen-blwydd, ac yn fwy diweddar, ei ddosbarth ioga. Aroglau oedd yn gwneud i Leia feddwl am fannau preifat hen bobl, a thalc. Anadlodd trwy ei cheg mewn ymgais i beidio cyfogi.

"Reit, tyrd i mewn 'ta, yn lle sefyll yn fan'na fel ryw lyffant," meddai Kevin.

"Y… tydy llyffant ddim yn sefyll," atebodd Leia fel siot.

"Be?"

"Wel, ar ei gwrcwd mae llyffant, 'de? Be ydy'r ferf am hynna, cwrcwdio? Cyrcydu? Swnio'n boenus."

Syllodd Kevin ar y ferch o'i flaen a gorfodi ei hun i feddwl am symffoni rhif 40 Mozart. Roedd o wedi addo i Nesta na fyddai'n colli ei dymer efo Leia ar ei diwrnod cyntaf, ond roedd o'n gwegian o'r eiliad roedd y ddau wedi cyfarfod y tu allan i Asda, a hithau wedi gwneud jôc am ei gar. Welai o ddim byd yn ddoniol am ei Ford Ka ffyddlon. Mewn tref lle'r oedd pawb a'i nain yn cwyno am ddiffyg lle parcio, fyddai Kevin byth yn cael trafferth ffeindio lle twt i barcio K bach.

"Jyst… jyst tyrd i mewn reit handi a chau'r drws ar dy ôl."

"Iawn, Kev. Tisio fi gau'r cloeon 'ma i gyd tra dwi wrthi?"

"Kevin ydw i, ddim Kev. A nag oes. Does gen ti ddim goriadau eto, os gofi di. A dwi ddim yn siŵr fydda i'n rhoi rhai i ti chwaith. Gawn ni weld sut eith pethau heddiw. A hefyd, gair i gall, taswn i'n chdi, faswn i ddim yn gwneud unrhyw jôcs am gloeon."

Wrth ddweud hyn wrthi cododd un o'i aeliau yn andros o uchel, heb symud yr ael arall yr un fodfedd.

"Rŵan, am y trydydd tro, tyrd i mewn a cha'r drws 'na ar dy ôl. Gest ti dy eni mewn stabal ta be?"

Camodd Leia i mewn i'r adeilad yn araf, gan dynnu'r drws trwm ar ei hôl.

"Sgen ti thing am anifeiliaid, Kev? Ti'n licio cyfeirio at anifeiliaid dwi 'di sylwi."

Mozart. Mozart. Mozart.

Ar ôl tanio'r pymtheg switsh golau cerddodd Kevin yn araf o amgylch y stafell gan geisio ffeindio'i ganol llonydd distaw fel yr arferai wneud yn ei ddosbarth ioga.

Cerddodd yn bwyllog gyda'i drwyn yn yr awyr a'i fys yn llithro ar hyd y cadeiriau a'r silffoedd pren.

"Dim gronyn o lwch; dim yw dim," meddai'n dawel dan ei wynt. "Pryderi druan. Cwsg mewn hedd."

Roedd Nesta yn hoffi cadw tŷ glân. Glân iawn. Doedd fiw i Kevin adael yr halen a'r pupur ar ganol y bwrdd ar ôl swper, a gwae unrhyw un fyddai ddim yn rinsio plât cyn ei roi yn y peiriant golchi llestri. Ond tybiai Kevin y byddai Pryderi wedi medru rhoi dau dro am un i Nesta hyd yn oed. Ers iddo ddechrau gofalu am y Ganolfan yn 1983 roedd Pryderi wedi cadw'r lle fel pin mewn papur. Tybed oedd unrhyw un wedi diolch iddo am hynny erioed? Diolch am y sgwrio, mêt. Diolch am y polish, rhen foi.

Daliodd i gerdded o amgylch y stafell â gwên gam ar ei wyneb. Safai Leia â'i chefn yn erbyn wal oer yn ei wylio, gan ddifaru peidio bwyta brecwast. Byddai'n fodlon betio hanner can punt – petai ganddi hanner can punt – fod

Kevin wedi bwyta brecwast iach a maethlon. Garantîd bod o wedi bod am jog hefyd.

Gallai deimlo label y siaced yn crafu cefn ei gwddw, a phenderfynodd ei thynnu. Er bod Kevin wedi mynnu ei bod yn gwisgo'r hyllbeth oren llachar o'r eiliad y gwelodd hi'r bore hwnnw, cysidrodd rŵan na allan nhw mo'i gorfodi i'w gwisgo, siawns. A doedd dim fel petai angen iddi wisgo unrhyw beth penodol i bobl wybod beth oedd hi'n ei wneud yno; roedd y stori'n drwch trwy'r dref ers misoedd.

Pendronodd am Kevin wrth iddo ddiflannu rownd y gornel i'r gegin. Sut mae rhywun yn landio mewn swydd fel yna? Go brin bod unrhyw un yn mynd at y cynghorydd gyrfa yn yr ysgol ac yn dweud, 'Dwi'n gwybod be dwi isio neud pan dwi'n fawr, dwi isio bod yn berson sy'n cadw llygad ar bobl sy'n gorfod gwneud community service.' Wel, a dweud y gwir, ella ei bod hi'n swydd berffaith i rywun sy'n licio teimlo mai nhw sydd in charge, ond eto, pam ddim mynd yn heddwas, neu'n farnwr felly? Neu'n athro.

"Reit, dyna fi wedi rhoi'r gwres ymlaen i gynhesu ychydig ar yr hen le 'ma. Mi weli di fod Pryderi – heddwch i'w lwch – wedi cadw'r lle yn ddilychwin, a hynny tan y diwedd." Rhoddodd ei ddwy law ar gefn cadair gyfagos a gwasgu'r pren fel petai'n gwasgu ysgwyddau Pryderi ei hun. "O'r cradur. Yma'n golchi'r lloriau oedd o pan gafodd o'r trawiad mae'n debyg. Roedd o'n meddwl y byd o'r lle 'ma. Efallai fod o'n falch mai yma hunodd o."

Roedd o'n syllu ar y llawr fel petai'n edrych ar yr union fan lle bu farw'r gofalwr. Daeth sŵn clicio tawel trwy'r adeilad wrth i'r system wres canolog danio am y tro cyntaf ers sbel. Oedodd Leia am hanner eiliad cyn methu brathu ei thafod.

"Sori, ti'n meddwl fasa unrhyw un yn falch o ddisgyn yn farw yn fan hyn? Wrth olchi'r llawr? Wow, Kev, mêt, gair i gall, dwi'm isio siarad ar fy nghyfar na'm byd felly 'de, ond os ti'n meddwl petha fel'na, ella bo'n amser i chdi ffeindio hobi."

Trodd Kevin i'w hwynebu. Ffwcio Mozart.

"Gwranda di, madam. Rhif un, chi ydw i i ti. Chi. Ti'n dallt? A rhif dau, ma gen i sawl hobi, diolch yn fawr iawn. A faswn i ddim yn disgwyl i hen slebog hunanol, diegwyddor a digywilydd fel chdi ddeall pwysigrwydd lle fel hyn, pwysigrwydd cymuned, a pherthyn. Wrth gwrs nad wyt ti'n dallt am be dwi'n sôn. Sut fedri di? Dwyt ti'n perthyn dim i'r lle 'ma ar ôl be 'nest ti. Ac yn olaf – C – fi sy'n mynd i fod yn cadw llygad arna chdi am y forseeable, iawn, ac i chdi gael gwybod, tydw i ddim yn cymryd unrhyw lol, felly rho'r gorau i fod mor bowld ac amharchus neu, neu, neu mi fydda i'n cael gair efo dy dad."

Rhuthrodd y gwaed trwy gorff Kevin fel cyffur. Teimlai'n llawer gwell ar ôl cael dweud ei ddweud. Fyddai dim rhaid adrodd holl hanes y diwrnod wrth Nesta heno. Calla dawo.

Syllodd Leia ar ei hesgidiau. Rhoddodd ddiolch tawel am ei DMs piws – o leiaf roedden nhw wedi bod yn ffyddlon trwy'r cwbl. Ceisiodd lyncu ei chwerthin a chanolbwyntio ar ei DMs yn lle'r ffaith bod Kevin wedi dweud, rhif un, rhif dau a pwynt C. Roedd hi'n synhwyro nad rŵan oedd yr amser i nodi ei gamgymeriad.

Edrychodd Kevin ar Leia yn syllu'n drist ar ei hesgidiau hyll. O nefi, efallai ei fod wedi mynd yn rhy bell. Pesychodd i glirio ei wddw a cheisio dechrau eto.

"Reit, dyna ni wedi clirio'r aer, rŵan, tyrd i ni ddechrau arni'n iawn, o… lle ma dy siaced di wedi mynd? Mae'n rhaid i ti wisgo dy siaced oren. Rheol ydy rheol."

Symudodd Leia ei phwysau i fod ar y droed arall a phwyntio at y siaced oedd bellach yn llipa ar gefn cadair.

"Jôc oedd y peth Guantanamo Bay 'na. Fedri di ddim fforsio fi i wisgo honna."

Pwffiodd Kevin cyn martsio draw at y siaced a'i dal fodfeddi oddi wrth drwyn Leia.

"Tisio bet?" meddai, a'r poer yn sboncio allan o'i geg i bob cyfeiriad. "Rŵan, gwisga hon cyn i mi anfon adroddiad at y barnwr yn deud wrtho am ailystyried dy ddedfryd di. Gei di weld be ydy Guantanamo Bay wedyn, mach i."

Rowliodd Leia ei llygaid tua'r nef yn fewnol, a gwisgo'r siaced oren.

"Iawn. Drïwn ni ETO." Anadlodd Kevin yn ddwfn, iawn. "Yn amlwg ma 'na lawer i'w ddysgu am ofalu am ganolfan fel hon ac mae'n debyg bod Pryderi..."

Ar ganol ei frawddeg diflannodd pen Kevin i mewn i gwpwrdd enfawr gan adael dim yn y stafell ond ei ben ôl. Edrychodd Leia ar y pen ôl yn ddamweiniol, ac wedyn dechreuodd feddwl am Nesta, ei wraig. Oedd hi acshyli yn ffansïo fo? Yn licio sbio ar y pen ôl 'na? Trodd ei stumog wag a bu'n rhaid iddi droi ei phen i edrych allan trwy'r ffenest a cheisio meddwl am rywbeth arall.

"A-HA! Dyma hi. Ffolder yn llawn nodiadau a chyfarwyddiadau ar sut i ofalu am y Ganolfan. Ew, un trylwyr oedd Pryderi." Cerddodd Kevin draw at un o'r nifer o fyrddau pren oedd wedi eu gosod o gwmpas y stafell, a gollwng y ffolder ar y bwrdd gyda bwmff er mwyn bod yn ddramatig, cyn curo'r llwch oddi ar ei drowsus.

Estynnodd gadair at y bwrdd ac roedd Leia'n disgwyl iddo eistedd arni ond safodd yno, gydag un law ar gefn y gadair a'r llall allan fel petai mewn gwahoddiad.

"Wel, wyt ti am ista yn fan hyn i ddarllen y ffolder yma ta be? Chdi ydy'r gofalwr rŵan, ddim fi," meddai Kevin yn biwis, gan wneud yn saff nad oedd yn cyfeirio at unrhyw anifail mewn unrhyw ffordd.

Ochneidiodd Leia cyn llusgo'i DMs at y bwrdd. Agorodd

y clawr trwm a dechrau darllen y Rhestr Gynnwys. Y cwbl wedi ei lamineiddio, wrth gwrs. Sganiodd y geiriau'n ddi-hid... Mynedfaoedd Tân, Stocrestr y Gegin, Trefn Glanhau'r Tŷ Bach ond daeth ei llygaid i stop wrth ymyl Grwpiau Wythnosol. Trodd at dudalen 16 a dechrau darllen. Roedd hi braidd yn anodd canolbwyntio, gyda Kevin yn chwibanu rhyw gân glasurol gyflym yn y cefndir fel dyn o'i go, ond llithrodd ei llygaid dros y dudalen slic nes glanio ar yr hyn roedd hi'n amau fyddai yno.

Nos Iau

6pm

Clwb Carate'r Plant

Dan Ofal Sam Jones.

Rhif Ffôn: 07978 623 955

Rhif Mewn Argyfwng – Meical Jones (Tad): 07837 595 145

Sam.

"O grêt, ti wedi cyrraedd y grwpiau yn barod. Mi weli di fod y Clwb Bridge yma heno am wyth, felly dyna fydd dy dasg gynta di, paratoi'r Ganolfan ar eu cyfer, gosod y byrddau ac ati, a rhoi'r gwres ymlaen deirawr ynghynt. Ma hanner yr aelodau wedi cael cerdyn gan y Queen, tydan ni ddim isio nhw'n cael niwmonia yn fan hyn. Jyst darllen nodiadau Pryderi – mae'r cwbwl yna. Ac yna agor a chau wrth gwrs."

Clwb Bridge. Y Queen. Pryderi. Yn sydyn roedd pen Leia'n troi, ac os na fyddai'n eistedd yn barod byddai wedi gorfod ffeindio sedd i eistedd arni. Er ei bod yn gwybod mai dyma oedd i ddod, doedd y cwbl, realiti'r peth, ddim wedi ei tharo tan yr union eiliad honno.

"Helô, ti'n gwrando?"

Chwifiodd Kevin law frown o flaen ei hwyneb. Oedd o'n mynd am ffêc tan? O god.

"Yli, mi ddo i heno hefyd, i wneud yn siŵr bod bob dim yn mynd yn iawn ac ati. Ocê? Yn enwedig gan mai'r Clwb Bridge ydyn nhw. Mae eu tâl aelodaeth yn gelc mawr o enillion blynyddol yr hen le 'ma, meddan nhw wrtha i."

Roedd hyn yn ddigon i ddeffro Leia o'i llesmair.

"Ooo na, mae'n iawn Kev, sa'm angen chdi ddod heno, sti. Fydda i a'r oldies yn iawn. Na wir 'ŵan, dos di adra at dy deulu. Fydda i'n iawn."

Gallai weld arno nad oedd wedi ei berswadio'n llwyr.

"Yli, be os 'na i WhatsAppio chdi wedyn, i ddeud bod bob dim wedi mynd yn iawn? Ia?"

Meddyliodd Kevin. Doedd dim rhaid iddo fod yno heno, doedd o ddim yn ei swydd ddisgrifiad i oruchwylio pob eiliad o'r gwaith, ac eto roedd rhywbeth yn ei boenydio am y ferch yma a safai o'i flaen. Oedd modd ymddiried ynddi, a hithau wedi gwneud yr hyn wnaeth hi? Ond wedi dweud hynny roedd cyfres newydd o *Downton Abbey* yn cychwyn heno, ac roedd Nesta yn hoffi ei gwmpeini i wylio hwnnw, ac er ei ffug brotestio doedd o ddim yn meindio gormod gorfod edrych ar Lady Mary am awr.

"Iawn. Ond dwi isio chdi ista yn fan'na, yn darllen y ffolder yna o'r dechrau i'r diwedd, iawn? Dwi'n mynd i nôl coffi o Caffi Jen. Paid â symud, ocê? Fydda i ddim yn hir."

A chyn iddi gael cyfle i ddweud 'Americano sblash o lefrith plis' roedd Kevin wedi camu allan yn ôl i'r heulwen, gan ei gadael yn y Ganolfan dywyll yn syllu ar y ffolder o'i blaen.

2

Dyna ni, meddyliodd Leia, cyn camu'n ôl i edmygu ei gwaith. Roedd hi wedi bod wrthi'n ddyfal yn cau llenni'r Ganolfan er mwyn cadw'r gwres i mewn, ac yn gosod y byrddau a'r cadeiriau'n daclus. Roedd hi wedi gosod y byrddau yn rhesi twt, gydag un gadair bob ochr i bob bwrdd. Fyddai dim rhaid i'r hen bobl gerdded yn rhy bell wedyn, pan oedd hi'n amser newid bwrdd. Roedd ganddi frith gof o fynd i ryw nosweithiau fel hyn efo Nain erstalwm.

Taflodd gipolwg ar y cloc a sylwi ei bod yn barod yn gynnar. Waw, am sad. Dyma hi ar nos Sul yn eistedd mewn Canolfan Gymunedol yn aros i griw o bensiwnîars ddod i chwarae cardiau. Allai pethau ddim mynd llawer gwaeth.

Ar ôl nodio ar Kevin am bron i awr arall wrth iddo ddangos sut i agor a chau'r drws cefn a sut i gadw'r cadeiriau yn y ffordd iawn, roedd Leia wedi mynd adra yn barod i rannu'r hanes, ond doedd neb o gwmpas ac roedd y sinc yn llawn llestri budron pobl eraill a'r stafell fyw yn drewi ers y noson cynt. Felly ar ôl taflu'r stympiau i'r bin ac agor ffenest, penderfynodd fynd am dro. Dim ond dilyn llwybr y doc, doedd hi ddim am fynd yn bell, ond rhoddodd ei chlustffonau yn ei chlustiau yn reddfol wrth adael y tŷ; doedd dim byd gwaeth na gorfod stopio i wneud mân siarad efo pobl a chditha'n mynd am dro i gael llonydd. Ond prin oedd hi wedi cyrraedd y doc cyn iddi weld wyneb cyfarwydd oedd yn amneidio iddi dynnu ei chlustffonau allan. Miall Huws. Dechreuodd ddiawlio ei hun am fynd am dro o gwbl. Byddai tŷ oer, gwag a drewllyd yn well na hyn.

"Leia. Rydach chi o gwmpas felly. Rydw i wedi clywed yr hanes, fel pawb arall, wrth reswm. Fedrwn i ddim jyst cerddad heibio. Sut ydach chi?"

Bu ond y dim iddi gerdded yn ei blaen ond roedd rhywbeth yn ei hatal. Cofiodd y tro cyntaf erioed iddi weld Miall Huws, yn sefyll o flaen y bwrdd du yn cyrlio ei fwstás tywyll fel petai mewn ffilm Ffrangeg ac yn siglo'n ôl a mlaen o'i fferau i fodiau ei draed. Doedd dim golwg o'r mwstás erbyn hyn, ac roedd ei wallt yn glaerwyn o dan ei gap stabal. Oedd hwnnw i fod yn ffasiynol neu'n eironig? Am ryw reswm daeth atgof iddi o'r poster o ferch fron-noeth oedd ar wal dosbarth Huws Cymraeg, efo rhyw gerdd enwog arni, neu hen ffilm Gymraeg ella? Roedd hi wastad wedi gweld y poster yna yn ddewis od mewn ysgol. Beth oedd y plant i fod i neud mewn difrif, anwybyddu'r tits a chanolbwyntio ar y trosiadau?

"Wedi colli'ch tafod?"

Roedd yn mynnu galw pob disgybl yn 'chi', am byth. Boi od. Tasa Leia yn clywed fory nesaf fod Miall Huws yn llofrudd oedd wedi claddu cyrff dan gae'r ysgol fasa hi ddim yn synnu a dweud y gwir. Penderfynodd fynd am y power-play.

"Yndw, sti, dwi o gwmpas. A chditha, dwi'n gweld. Cadw'n iawn, Miall? Cofio'r mwstás weird 'na oedd gin ti ers talwm?"

Os oedd o wedi ei synnu gyda'i hymateb wnaeth o ddim dangos hynny. Trodd ei ben ar ongl ac edrych arni, fel basa rhywun yn edrych ar gi bach oedd wedi brifo ei bawen. Rhoddodd wên fach drist, codi ei gap a cherdded oddi yno. Stwffiodd Leia ei chlustffonau yn ôl i'w chlustiau mor gyflym ag y gallai, gan drio dileu'r hyn oedd newydd ddigwydd o'i chof.

Wrth eistedd yn y Ganolfan yn edrych ar enw Sam yn y ffolder eto, gweddïodd Leia nad oedd Miall Huws yn chwarae Bridge.

"Pam bod y cyrtans wedi cau?"

Neidiodd wrth glywed y llais – doedd hi ddim wedi clywed neb yn cyrraedd. Trodd i weld dynes yn ei… wel… roedd hi'n anodd dweud. Mi allai fod yn ei naw degau ac yn edrych yn rhyfeddol am ei hoed, neu'n hanner cant ac yn edrych yn ddiawledig. Roedd hi'n gwisgo cardigan liw mint, trowsus nefi gyda dwy linell daclus ar ei flaen, a sodlau. Sodlau i chwarae Bridge! Roedd Leia'n siŵr iddi ddarllen yn y ffolder yn rhywle bod esgidiau sodlau uchel wedi eu gwahardd o'r Ganolfan. Rhywbeth i'w wneud efo ansawdd y llawr pren. Ddylai hi ddweud rhywbeth? Hi oedd y gofalwr rŵan wedi'r cwbl.

"Wel?"

"Meddwl 'sa'n cadw'r lle yn gynnas," meddai Leia, wrth wylio'r ddynes smart yn martsio o gwmpas y Ganolfan yn chwipio'r llenni ar agor. Oedd hi'n gwisgo lipstig hefyd?

"Be ti'n feddwl ydan ni, vampires? Mae hi'n noson braf, hogan. Tydan ni ddim am gau'r cyrtens, siŵr! Nefi grasusa. Chdi sydd in charge rŵan felly? Chdi ydy'r un wnaeth... wel, chdi ydy hi, ia? Duw a'n helpo ni."

Roedd Leia'n dechrau sylweddoli bod hon yn sgwrs oedd hi'n mynd i'w chael nifer o weithiau wrth i bobl ymweld â'r Ganolfan a doedd ganddi ddim syniad sut i ateb. Wir, mi fasa unrhyw un yn meddwl ei bod hi'n llofrudd o'r ffordd roedd pobl yn siarad efo hi.

"Leia Davies, at eich gwasanaeth," meddai, gan godi, curo un droed wrth y llall fel sowldiwr a chodi ei llaw at ei thalcen mewn salíwt.

Edrychodd y ddynes arni fel petai newydd ddangos ei phen-ôl.

Teimlai Leia ei hamynedd yn dechrau breuo ac roedd hi ar fin agor ei cheg i ddweud rhywbeth wrth y ddynes yma oedd yn amlwg yn meddwl mai hi oedd ateb Llanfechan i

Michelle Obama pan ddaeth sŵn lleisiau rownd y gornel. Ocê, aelodau'r Clwb Bridge. Doedd hi ddim am godi stŵr ar ei noson gyntaf ar ddyletswydd; yn bennaf achos nad oedd am roi unrhyw reswm i Kevin ddod yno, roedd hi wedi gweld digon ar ei wyneb gor-euraidd am un diwrnod.

Er iddi sefyll yno'n gwenu, anwybyddodd y mwyafrif ohonynt Leia yn llwyr gan gerdded heibio yn siarad ymysg ei gilydd. Edrychodd arnynt gan sylwi nad oedden nhw i gyd mor hen ag yr oedd Kev wedi awgrymu. Yna ymdawelodd pawb wrth i Michelle Obama ddechrau siarad ac agor ei breichiau fel petai ar lwyfan cenedlaethol.

"Mi welwch chi bod ein gofalwraig newydd ni wedi bod wrthi'n brysur yn gosod y byrddau!"

Ar hynny dyma pawb yn dechrau chwerthin, a'r munud nesaf roedd pawb yn brysur yn symud y byrddau a'r cadeiriau.

"Be?" Edrychodd Leia arnynt, ac yna ar Michelle oedd yn amlwg wedi mwynhau cael codi cywilydd arni o flaen pawb.

Teimlodd law ar ei braich.

"Fesul dau bâr ma chwarae Bridge." Roedd hon yn edrych fel llaw rhywun hen. Trodd i edrych ar wyneb perchennog y llaw a'r llais. "Mae angen bwrdd a phedair cadair, yli. Ond sut oeddet ti fod i wybod hynny? Hitia befo," meddai'r gŵr, gan wasgu ei braich yn ysgafn cyn ymuno â'r lleill i ailosod y stafell cyn dechrau chwarae.

“Roedd hi wedi cau’r cyrtans hefyd! Goeliwch chi?!” meddai Michelle ar dop ei llais, ond roedd braich Leia’n dal yn gynnes lle’r oedd llaw’r hen ddyn ‘hitia befo’ wedi bod.

Ymhen pum munud roedd pawb wedi setlo i chwarae a doedd dim i Leia wneud ond aros iddyn nhw orffen, felly agorodd y ffolder unwaith eto a phrofi ei hun i weld a fyddai’n cofio pa grŵp oedd yma ar ba ddiwrnod, ond y cwbl fedrai hi gofio oedd Bridge ar nos Sul a Sam ar nos Iau. Clwb Carate Sam ar nos Iau. Pedwar diwrnod tan y byddai hi’n ei weld. Doedd hi ddim wedi gweld Sam ers, wel, ers cyn i bob dim ddigwydd. Rhwbiodd ei llygaid a theimlo curiad ei gwaed yn ei harlais. Arlais, dyna air da. Miall Huws oedd wedi dysgu hwnnw iddi.

“Leia Davies, tynnwch eich bodiau oddi ar eich harlais a gwnewch rywfaint o waith, neno’r tad!”

Gallai glywed y llais yn hollol glir, fel petai newydd ddweud wrthi heddiw wrth y doc. Roedd hi mor chwilfrydig am y gair nes ei bod wedi gorfod gofyn beth oedd ei ystyr.

“Be ddiawl ydy arlais?”

“Temple, Miss Davies. Temple. Arlais. Y rhan o’ch pen sydd rhwng eich talcen a’ch clust. Rŵan, trowch eich sylw at R. Williams Parry, os gwelwch yn dda.”

Doedd o ddim yn chwarae Bridge, diolch byth. Roedd ambell wyneb yn y stafell yn gyfarwydd iddi, ond doedd neb yno roedd hi’n ei adnabod yn dda. Neiniau a teidiau ambell ffrind ella? Hen ffrindiau. Allai hi ddim bod yn saff. Tybed fasa Nain Taffi wedi dechrau chwarae Bridge tasa hi wedi cael byw i fod mor hen â'r rhein?

A phwy oedd y dyn 'hitia befo'? Roedd hi wedi synnu i weld mai Michelle Obama oedd ei bartner Bridge o. Ac wedi ei siomi ryw fymryn. Sut allai o?

Edrychodd ar ei ffôn a gweld bod neges yn grŵp WhatsApp y tŷ.

Pwy sy di iwsio'r bog roll i gyd a heb di prynu mwy?

Doedd neb wedi ateb er bod pawb wedi gweld y neges, ond mi allai Leia ddyfalu pwy oedd ar fai. Roedd symud i mewn i'r tŷ yna wedi swnio fel syniad mor dda ddeuddeg mis ynghynt ond rŵan... drewdod, llestri budron a dim bog roll. Ond pa ddewis arall oedd ganddi? Allai hi ddim mynd adra, roedd hynny'n amlwg, a doedd hi ddim eisiau mynd adra chwaith. A fedrai hi ddim fforddio lle ei hun. Edrychodd ar Michelle Obama yn gafael yn dynn yn ei chardiau. Garantîd bod ganddi hi gwpwrdd yn llawn o Andrex Supreme Quilts adra.

Dim ots, roedd hi'n fama tan ddeg ac roedd hi'n gynnes braf yma, ac mi allai helpu ei hun i de a choffi, roedd Kevin wedi dweud hynna fwy nag unwaith. Roedd Pryderi wedi sgwennu hynny yn y ffolder hefyd, felly aeth i wneud coffi cryf iddi'i hun a mynd allan i'r cefn am smôc.

Oedodd am eiliad cyn mynd allan. Ddylai hi adael

iddyn nhw wybod i lle'r oedd hi'n mynd, rhag ofn bod rhyw argyfwng?

"Dwi jyst yn mynd allan am smôc, rhag ofn i chi feddwl lle ydw i," meddai, wrth bawb ac wrth neb. Chododd yr un pen gwyn i edrych arni.

"Waw," meddai Leia mewn ymateb, cyn codi'r leitar a theimlo'r rhyddhad wrth i'r mwg lenwi ei hysgyfaint.

Ac wrth sefyll yno yn tynnu ar y sigarét, ac yn dilyn morgrugyn oedd yn crwydro ar hyd y wal o'i blaen, gallai fod wedi coelio ei bod ben arall y byd, neu ar blaned arall hyd yn oed.

3

Syllodd Sam ar y beic. Roedd hwn wedi costio ceiniog a dimau, a sbia arna fo rŵan – golwg y diawl. Be sy'n bod ar bobl? Pam does 'na neb yn edrych ar ôl eu pethau ddim mwy? Ysgydwodd ei ben yn dawel ond go iawn, roedd o wrth ei fodd. Her. Byddai angen tynnu hwn yn ddarnau a'i ailadeiladu fwy neu lai. Byddai'n gallu ymgolli'n hapus yn y beic yma am ddyddiau.

"Iawn, Sam mêt, nest ti watsiad gêm neithiwr?"

Ochneidiodd Sam yn fewnol. Oedd, roedd o wedi gwylio'r gêm. Ond na, doedd o ddim eisiau siarad efo Elis amdani am yr awr nesaf.

Roedd y llygaid glas eiddgar yn syllu arno. Meddyliodd am ei fam.

"Naddo, sti, o'n i'n helpu Dad efo deliveries. Sut gêm oedd hi? Gafon nhw win?"

A dyna fo'n dechrau arni, bymtheg y dwsin, un ystrydeb ar ôl y llall a phasio barn fatha tasa fo'n Nic Parry ei hun. Amneidiodd Sam ei fod yn mynd i wneud paned ond prin bod Elis wedi stopio i gymryd ei wynt. Pendronai weithiau pa mor hir y medrai guddio yn ystod un o straeon Elis cyn iddo sylweddoli ei fod wedi colli ei gynulleidfa. Câi ei demtio o ddifrif i guddio yn y toilet pan fyddai Elis yn cychwyn arni weithiau, ond doedd o ddim wedi gwneud hynny, ddim eto.

Be fyddai ei fam yn arfer dweud pan fyddai o'n cwyno am Elis ers talwm? Oo, ma'i galon o'n y lle iawn, Sam. Trodd y bagiau te o gwmpas yn y mŷg a'u dychmygu nhw fel pysgod mawr yn nofio reit ar waelod y môr, yn y dŵr dyfnaf, cyn eu lluchio i'r bin gwastraff bwyd, ychwanegu llefrith yn ei baned ei hun a llefrith a phedair llwyaid o siwgr i Elis. Doedd o bendant ddim angen pedair llwyaid o siwgr. Roedd Sam wedi rhoi tair llwyaid unwaith, fel arbrawf.

"Wff, be ydy hwn, mêt? Ma hwnna mor chwerw â ex fi! Rho un siwgwr arall i fi, 'nei di? Ta."

Pasiodd y postman, gan adael bil anniddorol, ac yna daeth Rhiannon heibio. Problem efo'r olwyn ôl.

"Pam na brynwch chi feic trydan, Rhiannon?" holodd Sam, eto wrth astudio'r olwyn gefn. Doedd dim byd amlwg yn bod arni, ryw fymryn o slow puncture ella.

"Ma nhw'n costio blydi ffortiwn, Sam. Dyna pam," meddai Rhiannon, er ei bod hi a Sam yn gwybod cystal â'i gilydd bod ganddi ffortiwn yn y banc a byddai'n ddigon hawdd iddi brynu beic trydan tasa hi eisiau un.

"Ma nhw'n betha da, 'chi. Tydyn nhw ddim yn gwneud y

gwaith i gyd, dach chi dal yn gorfod pedlo, ond ma nhw'n helpu pan mae angen mynd fyny'r allt a mi fasach chi'n medru mynd yn bellach wedyn. Day out i rwla gwahanol 'de."

Twt-twtiodd Rhiannon dan ei gwynt a chodi llaw ar Elis, oedd bellach yn magu ei ffôn bach rhwng ei glust a'i ysgwydd wrth yfed ei baned ac edrych ar y calendr ac yn trio codi llaw ar Rhiannon.

"Ydy hwn yn mwydro dy ben di heddiw?"

Cododd Sam ei ben i weld bod Rhiannon yn pwyntio at Elis.

"O, ddim mwy nag arfer," meddai Sam gyda gwên, wrth i Rhiannon amneidio ar ei hŵyr i ganolbwyntio ar ei alwad ffôn yn lle yfed ei de.

"Sut bod y cradur yr un gwaed â fi, dwn i ddim wir," meddai yn ddigon llawen, cyn troi at Sam eto.

"A sut ma dy dad?"

Doedd o ddim wedi disgwyl y cwestiwn, er fod pobl yn ei ofyn reit aml y dyddiau hyn. Sut oedd ei dad? Weithiau roedd o'n meddwl ei fod o'n iawn. Celwydd golau oedd o wedi'i ddweud wrth Elis; mi oedd o wedi helpu efo'r danfon neithiwr, cyn y gêm. Ac am sbelan, wrth iddyn nhw yrru adra a dal eu gwynt wrth fynd dan dwnnel Porth Llydan fel oeddan nhw'n arfer ei wneud ers talwm, a chanu 'I can't stay much longer, Melinda' efo Jerry Garcia, roedd o i weld yn iawn. Ond bore 'ma, roedd yn amlwg i'r bocs Weetabix hyd yn oed ei fod o wedi bod yn crio.

"Mae o'n iawn, diolch. Dal i fynd, 'de."

Nodiodd Rhiannon a gwasgu olwyn ôl y beic.

"Cofia fi ato fo. A gwna rywbeth am y slow puncture 'ma, 'nei di? Ddo i i nôl Sandy amser cinio."

Doedd Sam erioed wedi gofyn pam mai Sandy oedd enw'r beic. Doedd o ddim yn un am fusnesu yn ormodol. Edrych ar ôl dy ardd dy hun 'de, a gadael i bobl eraill boeni am eu cloddiau a'u chwyn eu hunain.

"Rywun 'di cael breakdown yn Bont, mêt, a' i i nôl nhw yn y fan. Fyddi di'n iawn yn fama dy hun?"

Bu'n rhaid i Sam ddefnyddio tipyn o hunanreolaeth i beidio rhoi ateb rhy onest.

"Byddaf, tad, diolch Elis. Dos â'r puncture repair kit efo chdi, dyna sydd y rhan fwya o'r amser. Dydy pobl ddim yn gwybod sut i drwsio pyncjar dyddiau 'ma hyd yn oed."

"Ai, ti'm yn rong. Wela i di wedyn. Tisio tsips i ginio?"

Cododd Sam ei fawd ar Elis wrth iddo ddringo mewn i'r fan. Roedd o wedi dysgu bellach nad oedd unrhyw bwynt gwrthod tsips; mi fyddai Elis yn prynu dau becyn beth bynnag, ac yn bwyta'r ddau os na fyddai Sam yn helpu. Felly, mi fyddai Sam yn bwyta'r tsips. Roedd 'na bethau gwaeth yn y byd na gorfod bwyta tsips.

Teimlodd dawelwch yn disgyn dros y gweithdy fel gwlith

wrth i Elis adael, a chododd y sŵn ar y radio cyn dechrau gweithio ar y Tredz.

Byddai'n llithro i lesmair wrth weithio ar y beics. Rhyw niwl o le, nad oedd yn y byd yma bron, nac mewn unrhyw fyd arall chwaith. A phan oedd o yno, doedd o ddim yn meddwl am unrhyw beth.

Yn ddiweddar roedd o wedi dechrau amau bod hynny'n rhywbeth eithaf pwysig. Roedd 'na gymaint o sôn am broblemau iechyd meddwl, burn out, anxiety a rhyw dermau mawr eraill. Er nad oedd o'n arbenigwr o bell ffordd, roedd Sam yn meddwl mai rhan o'r broblem oedd bod pobl yn meddwl gormod. Mae'n siŵr y byddai ambell un yn meddwl bod peidio meddwl yn dy wneud di'n dwp, neu'n anwybodus, ond roedd o'n gwybod yn ei galon fod rhywbeth pwysig am y gofod yna; y gofod roedd o'n medru ei gyrraedd wrth weithio ar y beics. Y gofod oedd yn gadael i'w ddwylo wneud y gwaith i gyd, a'i ymennydd fynd i niwtral am sbel.

Ond bore 'ma, wrth iddo estyn am y spoke key, roedd rhywbeth roedd ei dad wedi'i ddweud wrtho neithiwr yn mynnu treiddio i mewn i'r gofod niwtral.

"Ti 'di clywed am pwy'na, do?"

"Pwy ydy pwy'na, Dad?" Gallai sgwrsio efo'i dad deimlo fel gwneud croesair weithiau.

"O, ti'n gwbo', dwi'm yn cofio'i henw hi rŵan. Ym, merch boi Cyngor 'na, 'de. Ti'n gwbod, yr un gafodd ei dal yn dwyn, 'de. O'n i'n meddwl bo' chdi'n mêts efo hi, wyt?"

Leia, am Leia roedd o'n sôn.

"Be amdani, Dad?"

"Ma'i hachos hi 'di bod, sti. Oedd Phil 'di gweld hi'n cerddad heibio neithiwr pan oedd o'n cael peint yn Lion. 300 hours of community service oedd Tecs tu ôl i bar Lion 'di glywad."

Teimlodd Sam y gwaed yn ei ddwylo a'i draed. Doedd ei dad ddim hyd yn oed wedi dweud ei henw, ac roedd ei gorff ar dân. Doedd o ddim wedi meddwl amdani'n iawn ers wythnosau. Roedd o wedi meddwl amdani yng nghefn ei ben bob dydd. Y math o feddwl sy'n digwydd bron heb i rywun ei gydnabod. Ond ddim yn iawn. Roedd o wedi trio'n galed i beidio meddwl sut oedd hi, beth oedd wedi digwydd, pam wnaeth hi hynna. Doedd o'n bendant ddim wedi cysylltu efo hi.

"Ti'n gwrando, Sam?"

"Mm? Yndw, be?"

"Mae hi'n gorfod neud community service . Ac am bod Pritch Ganolfan 'di'n gadael ni, cradur, hi sydd wedi cael y job o redag y lle. Y blydi Ganolfan! Elli di ddychmygu bod yn caretaker yn ugain oed? Hei, 'nei di'i gweld hi pan ti'n neud carate chdi ar nos Iau ma siŵr!"

Ac ar ôl rhannu'r newyddion yna, fel petai newydd

wneud sylw di-nod am y tywydd, cododd ei dad y sŵn nes bod 'Cumberland Blues' yn atseinio trwy'r fan.

Gafaelodd Sam mewn sbaner a cheisio clirio ei feddwl, ond doedd hyd yn oed y llanast ar yr olwyn o'i flaen ddim yn ddigon heddiw. Ei fai o oedd o, am beidio rhannu mwy, bod yn fwy agored efo'i dad. Doedd ganddo ddim syniad sut oedd Sam yn teimlo am Leia, a beth oedd wedi digwydd, am ei fod o erioed wedi dweud. Ond doedd 'na ddim amser iawn i sôn am bethau felly, rhwng y cemo a'r sgans a'r gwallt yn clogio'r gawod. Doedd 'na ddim amser.

4

"Yr un coch ydy gora, fi ydy'r un coch yn y gêm yma, iawn?"

"Pam na chdi sy bob tro'n cael dewis?" Edrychodd Jac ar ei ffrind gyda chymysgedd o gasineb ac edmygedd. Pam mai Eurig oedd wastad yn cael dewis? Yn chwech a hanner oed roedd Jac yn dechrau dod i ddeall nad oedd y byd yn lle teg. Roedd rhai pobl, a rhai plant, yn cael eu ffordd eu hunain o hyd, a rhai eraill, fatha fo, oedd yn frawd bach ac yn frawd mawr, byth yn cael eu ffordd eu hunain, dim ond yn gorfod cadw pawb arall yn hapus trwy'r adeg.

"Dim ots pa liw wyt ti go iawn, sti," meddai Leia oedd wedi dod i sefyll wrth ei ochr. "Yn dy ben gei di feddwl na coch wyt ti, cei. Jyst gad i Eurig feddwl na fo ydy'r un coch i ni gael dechra'r gêm, iawn?"

Gan gytuno fod hynny'n syniad digon derbyniol, trodd yr iard ysgol damp yn gyflafan arallfydol rhwng y Mighty Morphin Power Rangers a Rita'r wrach aflan.

"Ha-ha, ma genna fi power coins so dwi'n gallu lladd monstyrs chdi!" gwaeddodd Jac yn llawn gorfoledd wrth gofio am y dacteg yma.

"Nag wyt," atebodd Llŷr fel siot. Llŷr oedd wastad y cyntaf i wirfoddoli i fod yn berson drwg. "Genna fi special forcefield so 'dy coins chdi methu brifo fi!"

"Yndyn tad! Ma nhw'n neud hynna yn yr un pan ma Rita newydd ddod 'nôl o'r lleuad! Ti methu jyst newid y rheola yn ganol y gêm, Llŷr!"

Canodd y gloch cyn i'r anghyfiawnder fynd yn ormod i Jac druan. Llusgodd pawb eu hunain yn ôl i gyfeiriad y stafell ddosbarth.

"I mewn â chi, brysiwch Blwyddyn 2, dim llaesu dwylo, dewch rŵan, mae 'na rywun yn aros amdanoch chi yn y dosbarth."

Wrth glywed hyn dechreuodd y pennau bach droi at ei gilydd er mwyn ceisio proffwydo pwy oedd yn y dosbarth. Y plisman lleol wedi dod yn ôl i sôn am ba mor ddrwg ydy drygs eto? Neu'r dyn lolipop sy'n sôn am groesi lôn yn saff?

Ar ôl i bawb eistedd a sŵn annaearol tri deg o gadeiriau yn cael eu llusgo ddod i stop, trodd pob wyneb at y bachgen newydd, ac at Miss Lewis am eglurhad. Hi oedd ceidwad yr atebion yn y lle hwn.

"Iawn, setlwch rŵan bawb. Fel y gwelwch chi mae 'na rywun newydd yn ymuno â'n dosbarth ni heddiw. Dyma Sam. Mae Sam newydd symud yma o Aberllidiart, ac felly mi fydd yn dod i Ysgol Sant Fychan efo ni o hyn ymlaen."

Syllodd pawb fel petai'r bachgen o'u blaenau newydd ddod o'r gofod. Roedd plant newydd yn ddisglair ac yn ddiddorol.

"Wel, ydach chi am ddeud helô wrth Sam?"

"Helô, Sam," meddai pawb fel fflyd o robotiaid.

Edrychodd Sam yn ei flaen, ond ddim ar neb yn benodol. Tri deg wyneb newydd. Mi wyddai y dôi i ddysgu enw pob un cyn bo hir, i wybod pwy oedd y plant drwg a phwy oedd yn licio pêl-droed, pwy oedd yn bwyta'n swnllyd efo'u ceg ar agor a phwy oedd yn licio mynd ar eu beics fatha fo. Ond heddiw doedd o'n nabod neb. Roedd ei galon o'n teimlo'n dynn, a'r dillad newydd yn crafu.

Edrychodd Hannah Lewis o gwmpas y dosbarth gan geisio meddwl ble i roi'r bachgen newydd, tawel i eistedd. Hanner eiliad o benderfyniad rhwng meddwl beth i gael i swper a chofio am y ffrae roedd hi wedi'i chael efo'i chariad y noson gynt. Doedd o'n adnabod neb, mae'n debyg, felly mi fyddai reit bwysig ei fod o'n cael croeso, ac ychydig o help o bosib. Daeth ei llygaid i stop ar Leia Davies. Ia. Leia. Yn geg i gyd ond halen y ddaear, a digon yn ei phen.

"Beth am i ti fynd i eistedd yn y cefn yn fan'na yn ymyl Leia? Ia, symud di i fyny un sedd plis, Jac, i wneud lle i Sam. Dyna ni, dos i eistedd rhwng Jac a Leia ac mi wnawn ni gario mlaen efo beth oedden ni'n wneud cyn yr egwyl. Dwi'n siŵr y bydd Leia'n barod i esbonio i ti beth oedd y gwaith, Sam. Ddo i draw mewn munud."

A gyda hynny dechreuodd sŵn sgwrsio'r dosbarth godi eto, fel petai rhywun wedi codi sŵn ar y radio mwya sydyn. Cerddodd Sam draw at ddesg Leia yn araf, ei fag yn hongian ar ei ysgwydd chwith, a sawl un yn dal i edrych arno'n chwilfrydig.

"Dwi'n licio cas pensils chdi," meddai Leia, yn syth ar ôl i Sam eistedd ac estyn ei gas pensiliau Spiderman allan o'i fag a'i osod ar y bwrdd. Doedd Sam ddim yn licio'r cas pensiliau. Doedd o ddim yn licio Spiderman ddim mwy. Plant pump oed oedd yn licio Spiderman. Ond roedd o yn licio Leia yn dweud ei bod hi'n licio'r cas pensiliau Spiderman.

"Diolch," meddai, gan edrych trwy gornel ei lygaid arni. Roedd ei lygaid yn cael eu tynnu fel magned at ei hewinedd. Rhai ohonynt wedi eu peintio yn biws, rhai yn las, a rhai yn sgleiniog i gyd. Ambell un yn flêr, y paent wedi ei blicio i ffwrdd.

Sylwodd arno'n edrych yn syth. "Ti'n licio nail varnish fi?"

"Yndw, wel na, ddim licio fo, jyst, 'dy mam fi ddim yn gwisgo nail varnish."

"Go iawn?" gofynnodd Leia mewn gwir syndod. Roedd ewinedd ei mam wastad yn berffaith, y paent pinc golau yn llenwi pob cornel, a dim dafn wedi mynd dros yr ymyl. "Fi nath beintio nhw fy hun. Nath o gymryd oes pys achos o'n i bob tro yn anghofio consyntreitio a wedyn oedd y nail varnish yn mynd dros y gewin ar bys fi ac o'n i'n gorfod dechra eto. Y rei glitter ydy gora fi, ond dwi'n licio y lliwia i gyd, dyna pam 'nes i ddewis gwahanol liwia ar y gwahanol winadd. O'n i methu dewis jyst un lliw."

Allai Sam ddim meddwl am unrhyw beth i'w ddweud. Nodiodd ac agor ei gas pensiliau. Gafaelodd mewn pensel oedd angen ei finio, a thyrchu am ei finiwr. Tybed oedd 'na un miniwr mawr yn y dosbarth yma, a phawb yn cael ei ddefnyddio? Oedd rhaid gofyn cyn defnyddio'r miniwr mawr 'ta oeddat ti jyst yn cael codi a mynd i finio dy bensel fel yn ei hen ysgol? Allai o ddim gweld miniwr mawr beth bynnag.

Sylwodd bod oglau neis ar ei gymydog newydd hefyd. Oglau fel Skittles a llyfr newydd.

Roedd yr ewinedd yn tapio'r bwrdd fel traed bach lliwgar yn dawnsio.

"Tisio fi esbonio be ydy'r gwaith i chdi?"

"Ia plis," meddai Sam, gan ddal llygaid Leia am hanner eiliad. Roedd ganddi smotyn bach brown ar dop ei boch chwith, ac roedd ei gwallt yn gyrls mawr blêr.

"Ocê, iawn," cychwynnodd Leia, gan stwffio ei chyrls yn ôl dros ei chlust, a dal ei phensel ei hun yn awdurdodol uwch ei bapur. Dechreuodd egluro eu bod nhw wedi bod yn dysgu am ailgylchu a bod pawb fod i wneud llun o'r broses a wedyn labelu'r llun.

"Ma pawb yn obsessed efo ailgylchu, yndyn? Ti 'di sylwi? Oeddan nhw fel'na yn hen ysgol chdi? Ma ysgol ni'n obsessed efo ailgylchu. Ma Mam yn deud fod o wbath i neud efo'r cwricwlwm newydd. Ma Mam yn athrawes hefyd. Ond Dad sy'n sortio'r ailgylchu i gyd yn tŷ ni ddo. Pwy sy'n neud o'n tŷ chdi?

"Eniwe, dyma fo un fi, gei di gopïo fo os tisio, dwi 'di gorffan ers ages. Dwi 'di lliwio fo a bob dim. Dwi'n neud gwaith fi'n ffast, a wedyn ma Miss Lewis yn gorfod rhoi mwy o waith i fi."

Yn sydyn teimlodd Leia ei bod yn siarad gormod, fel fyddai ei mam yn dweud wrthi o hyd. Gallai glywed llais ei mam yn ei phen fel petai fersiwn fach, fach ohoni yna trwy'r amser. Ti fel melin bupur, Leia. Pwll y môr.

Pinsiodd ei choes ei hun yn ysgafn er mwyn stopio'i hun rhag siarad mwy a throi at Jac. Roedd hwnnw bob amser yn hapus i gael Leia yn ei helpu, ond pan drodd yn ei hôl mewn hanner munud i weld beth oedd Sam yn ei wneud roedd o'n edrych arni hi. Reit i mewn i'w llygaid y tro hwn. Ac roedd ei lygaid o'n llawn glitter, yn union fel y nail varnish.

5

Agorodd Leia ddrws yr oergell ac ochneidio yn swnllyd cyn ei gau eto.

"Be sy'n bod arna chdi?" holodd Chris, oedd yn eistedd wrth fwrdd y gegin yn rowlio joint.

"Does 'na'm llefrith. Eto. Does 'na neb ond fi yn prynu llefrith ond mae pawb yn yfad o. Mae o reit annoying."

"Mmm," oedd ateb Chris, wrth lyfu'r papur Rizla brau yn gelfydd cyn tapio ei greadigaeth yn ofalus ar y bwrdd a chwilio am leitar i'w thanio. Taflodd Leia ei leitar ei hun ato.

"Sbliff cyn naw?"

Wnaeth Chris ddim ateb y tro hwn, dim ond gwthio ei hun yn ôl ar goesau cefn y gadair a llenwi ei ysgyfaint â mwg melys.

Roedd o'n ddyn golygus. Llygaid gwyrdd, gwyrdd, a chroen brown naturiol. Edrychai fel petai wedi ei fagu yn Groeg neu'n Sbaen, meddyliodd Leia, nid mewn tŷ cyngor yn Llanfechan. Doedd hi ddim yn ei ffansïo fo, ddim erbyn hyn, beth bynnag. Roedd hi wedi gwneud yn syth ar ôl ei gyfarfod am y tro cyntaf; roedd yn amhosib peidio wrth iddo fflachio ei wên ddireidus, ond buan iawn roedd o wedi yfed tri dybl fodca ac yn brolio a dangos ei hun yn gwneud rhyw giamocs ar ben y bwrdd pŵl, a phylodd yr atyniad yn reit handi.

Wrth edrych arno rŵan yn smocio joint roedd wedi ei wneud o dri papur Rizla King Size, gwyddai Leia na fyddai'n gwneud unrhyw beth heddiw, heblaw am rowlio mwy ohonyn nhw efallai. Ac er ei fod o'n hynod o olygus gallai weld bod ambell un o'i fysedd yn melynu a'i ddillad yn fudur.

"Tisio peth?" Cynigiodd y ffon wen iddi gyda gwên ond ysgwyd ei phen wnaeth Leia.

"Dwi'n gorfod mynd i'r Ganolfan. Mae 'na sesiwn babis yna bob bore dydd Mawrth. Acshyli, ma siŵr fasa bach o hwnna yn neud o'n lot mwy bearable," meddai, wrth amneidio at y sbliff. "Llond stafall o fabis yn crio. Mynadd."

Gwnaeth baned o goffi du i'r ddau wrth siarad.

"O god, bymar. Dio'm yn iawn faint o sentence gest ti 'de," atebodd Chris yn llawn cydymdeimlad. "Siriysly, tri chant o oriau am ddwyn bach o cash, mae'r peth yn nyts. Ma pobol 'di cael getawê efo gneud pethau lot gwaeth a cael lot llai o amsar. Oeddan nhw'n trio neud example ohona chdi dwi'n meddwl, sti. Fatha warning i bobol ifanc erill dre, ia."

Rhoddodd Leia goffi o'i flaen a newid y pwnc.

"Mae'n braf yndi? Ffansi peint diwadd pnawn? Ma 'na Glwb Lego yna tan bump ond fydda i'n rhydd wedyn. Awydd peint wrth y ffrynt?"

"Ia, ella ia," meddai Chris, a gwyddai Leia mai na oedd hynny. Duw a ŵyr sut stad fyddai ar Chris erbyn pump.

"Lle oedd *o* neithiwr?" holodd, gan godi ei phen at y nenfwd.

"Aros efo'i gariad newydd, 'de!"

"Cariad newydd?" Doedd Leia ddim wedi clywed unrhyw beth am hyn. "Pwy sy'n ddigon gwirion i fod yn gariad i Gwyn tro 'ma?"

"Ei ei, 'misio bod fel'na," meddai Chris, yn driw yn ôl ei arfer. "Iawn, ma gin Gwyn bach ni ei issues ond pwy sgin ddim 'de? Cara ydy henw hi. Hogan Mark Garej – ti'n gwbod?"

Roedd Leia yn gwybod. Roedd pawb yn nabod pawb yn y dref. Ond doedd ganddi ddim llawer o ddiddordeb yn y cariad newydd. Fyddai hi ddim yn para'n hir. Doedden nhw byth.

"Wel, pan mae o'n cyrraedd adra, deud wrtha fo brynu llefrith. A bog roll. Neu gwell byth, gwna di."

Bachodd y sbliff o law Chris a thynnu'n ddwfn cyn ei basio yn ôl, tynnu ei siaced amdani a cherdded allan i haul ola'r haf. Wrth chwythu'r mwg i'r stryd, ysai Leia yn sydyn i fedru dal yr haul a'i roi mewn jar, er mwyn cael ei ddogni fesul dipyn dros fisoedd y gaeaf.

"Bore da, Leia!"

Trodd i chwilio am y llais a synnu wrth weld hen ŵr yn codi llaw arni, cyn ei adnabod o'r Clwb Bridge. Fo oedd y dyn 'hitia befo'. A dyna fo rŵan, yn galw helô arni o bell, fel petaen nhw'n adnabod ei gilydd yn iawn.

Gwenodd a chodi llaw arno wrth frasgamu am y Ganolfan. Doedd hi ddim am stopio i siarad. Beth fyddai ganddi i ddweud? Ac roedd yn rhaid iddi agor a pharatoi cyn i'r mamau a'r babis gyrraedd, a doedd hi ddim am roi unrhyw reswm i Kev ddod yno i roi pregeth iddi fel roedd o wedi gwneud fore Llun gan nad oedd hi wedi cadw'r cadeiriau yn yr union ffordd iawn ar ôl y Clwb Bridge.

Ond dyna lle'r oedd o ar stepan drws y Ganolfan yn edrych ar ei oriawr.

"Iawn, Kev? Be ti'n da 'ma?"

"Kevin. Dim Kev. Kevin. Dod i gadw llygad arna chdi, 'de. Rŵan mae yna lot yn dod bore 'ma, tua ugain o famau i gyd, ac maen nhw'n cael sesiwn tylino babi, tymor newydd, felly mae angen..."

Chafodd o ddim cyfle i orffen ei frawddeg.

"Tylino babi? Be, as in rhoi massage i'r babis?"

"Ia dyna ddudush i 'de, felly mae angen..."

Ond unwaith eto roedd Leia wedi torri ar draws, y tro hwn wrth ddechrau chwerthin dros bob man.

"Be sy mor ddoniol, Leia?" gofynnodd Kevin, gan boeri ei henw.

"Tylino babis!" Chwarddodd a chwarddodd a cheisio cael ei gwynt. "Sori, mae o jyst mor wirion. Ma'r byd 'ma 'di mynd yn nyts. Faint o loaded ti'n goro bod i dalu am massage i dy fabi?! A hefyd pam ddiawl fasa chdi isio rhoi massage iddyn nhw? Dio'm fatha bo nw'n stressed, nadi!"

Tra bod Leia yn dal i chwerthin yn afreolus roedd dwy neu dair o famau yn gwthio coetsis yn agosáu at y Ganolfan.

"Tyrd, y lembo, mae angen gosod y stafell!" hisiodd Kevin gan afael ym mraich Leia a'i llusgo i mewn i'r Ganolfan.

Hanner awr yn ddiweddarach, wrth wrando ar ugain o fabis mewn clytiau yn gwichian a chrio yn eu sesiwn tylino ceisiodd Leia gofio beth roedd hi wedi ei weld yn ddoniol am y peth. Doedd dim byd yn ddoniol am yr artaith yma. Edrychodd ar ei horiawr yn obeithiol, ond na, roedd tri deg pum munud o hyn yn dal ar ôl.

Penderfynodd y gallai sleifio allan am baned a smôc heb i neb sylwi, rŵan bod Kevin wedi gadael, o leia byddai ychydig bach tawelach yn y cefn. Doedd yr un o'r mamau wedi sbio arni wrth gyrraedd ar ddechrau'r sesiwn; roedden nhw i gyd yn rhy brysur yn dweud wrth ei gilydd pa mor ciwt oedd eu babis plaen.

Wrth dynnu ar ei smôc a cheisio mynd mor bell â phosib oddi wrth y sŵn crio, meddyliodd Leia ei fod o wir yn beth od i wneud i greaduriaid mor fach. Mae'n siŵr eu bod nhw'n oer, yn gorwedd yn fan'na yn eu clytiau.

"Sgiws mi." Roedd y llais yn gyfarwydd.

"Ia?" atebodd Leia gan wynebu'r fam oedd bellach yn hongian allan trwy'r drws cefn ac yn dal ei phen ar ongl.

"Sori, ond ti'n meindio peidio smocio plis? Ma 'na fabis yn fama."

Eleri oedd hi. Eleri Edwards. Roedden nhw yn yr un flwyddyn yn yr ysgol, ond prin yn adnabod ei gilydd yr adeg honno chwaith.

"Ym, wel, does 'na'm babis allan yn fama, nag oes? Dwi'm yn meddwl bod y mwg yn mynd i gyrraedd nhw o fama."

Gwenodd Eleri y math o wên mae rhywun yn gwenu pan maen nhw wir eisiau codi dau fys. Fasa'n well gan Leia tasa hi wedi codi dau fys.

"Nei di jyst diffodd y ffocin smôc 'na plis? Ella nei di ddallt os gei di fabi dy hun ryw ddiwrnod."

Gollyngodd Leia'r smôc a'i gwasgu'n araf o dan ei DMs piws a methu maddau i'r ateb oedd ar flaen ei thafod.

"Os ga i fabi ryw ddiwrnod fydda i bendant ddim yn

gneud iddo fo orwedd yn noeth ar lawr canolfan lle ma 'na hen foi newydd farw a rwbio oil drosto fo i gyd." A gyda hynny gwthiodd heibio Eleri a dychwelyd i'w sedd yn y stafell arall.

Erbyn iddi orffen cadw'r cadeiriau a'r matiau, a sychu'r olew oedd yn sgleinio ar lawr mewn ambell le, roedd Kevin yn ei ôl a golwg wyllt arno.

"Dwi newydd gael cwyn swyddogol amdanat ti. Dim ond dy wythnos gyntaf di ydy hon, Leia! A dwi wedi cael cwyn swyddogol yn barod. Mae yna ddyletswydd arna i i roi hyn ar dy ffeil di, Leia. Be ddiawl ddaeth dros dy ben di? Cwyn swyddogol! Nefi grasusa, hogan!"

Roedd Eleri wedi cwyno felly. Typical.

"Wel, ydy bob cwyn yn valid, Kev? Be ddudodd y gloman?"

"LEIA!" bloeddiodd Kevin nes bod ei wyneb yr un lliw â nectarîn aeddfed. "Pam ma bob dim yn jôc i chdi? Dydy hyn ddim yn jôc. Cwyn swyddogol dy fod ti wedi rhoi verbal abuse i un o ddefnyddwyr y Ganolfan! Wyt ti'n deall pa mor ddifrifol ydy hyn? Wyt ti'n deall dy fod ti ar dy rybudd ola fel mae hi pan ti'n gwneud gwasanaeth cymunedol? Wyt ti?"

Penderfynodd Leia beidio ateb, jyst rhag ofn i ben Kevin ffrwydro. Blydi Eleri Edwards. I be oedd eisiau cwyno? Garantîd bod ganddi ŵr perffaith a thŷ perffaith, yn ogystal â'i babi perffaith sydd ddim yn licio massages. I be oedd angen cwyno o ddifri calon? Jyst i gael y gair olaf. Oedd o ddim yn ddigon jyst gwybod mai hi oedd yn ennill go iawn? Ella mai Leia oedd wedi ennill y ffrae fach yna ond yn eithaf amlwg Eleri oedd yn ennill mewn bywyd. Ffyc sêcs.

Edrychodd ar Kevin oedd yn gafael yn ei frest. O nefi, doedd hi ddim eisiau dyn arall yn marw yn y Ganolfan chwaith.

"Sori, Kev. Neith o ddim digwydd eto."

Sythodd Kevin, ac edrych ar Leia wrth ateb. "Dyna welliant. Fydd rhaid i ti ymddiheuro iddi, wedyn mi symudwn ni mlaen. Dŵr dan bont."

"Ym… ymddiheuro?" Teimlodd Leia gryndod yn ei phoced ac estynnodd am ei ffôn. Neges destun gan ei mam.

Swper yma heno. 8pm.

Pen-blwydd Gles, rhag ofn bo chdi wedi anghofio.

A bihafia, plis. Diwrnod Gles ydy hwn.

Rhoddodd Leia'r ffôn yn ôl yn ei phoced a gwthio pentwr o gadeiriau i gornel y stafell. Cofiodd yn sydyn am fod ym Mlwyddyn 2, a Miss Lewis yn dweud da iawn a diolch wrthi am helpu i gadw'r cadeiriau.

6

Risotto. Yn amlwg. Roedd gan Diane thing am risotto. Meddwl mai bwyd pobl grand oedd o, ma siŵr. Allai Leia ddim gweld yr apêl yn bersonol; sefyll uwchben stof am hydoedd i greu rhywbeth gludiog sydd rhywle rhwng uwd a reis. Tri munud mae Super Noodles yn gymryd a maen nhw lot neisiach.

"Iawn, Leia? Sut mae'n mynd yn y Ganolfan 'ta? Boring as?"

Safai Glesni wrth yr oergell, gyda glasiad mawr o win gwyn yn ei llaw, ei chyrls euraidd yn disgyn dros ei hysgwyddau, a'i throwsus a'i blows yn hongian oddi arni. Edrychai fel petai ar ei gwyliau yn yr Eidal. Roedd hi fel fersiwn arall o'i mam, ychydig yn deneuach ac ychydig yn ieuengach. Roedd o braidd yn creepy a dweud y gwir. Roedden nhw fel dwy chwaer. Yn bendant roedden nhw fwy fel dwy chwaer nag oedd Leia a Glesni.

Dim ond saith o'r gloch oedd hi. Oriau o'r artaith i fynd.

"Be tisio fi ddeud, Gles?"

"Be? Jyst gofyn dwi! Cymryd diddordeb 'de!"

Cymerodd Leia gegiad mawr o'r Merlot roedd ei thad wedi'i roi o'i blaen, gyda golwg yn ei lygaid cystal â dweud, 'mi fyddi di angen hwnna'.

"O, mae o'n grêt, sti," atebodd Leia yn swta, gan ddychmygu Glesni yn gorwedd yn gelain ar lawr y Ganolfan gyda mop yn ei llaw. "Bril a deud y gwir. Dwi 'di gwneud llwyth o ffrindiau newydd yn barod a wedi cael sawl profiad eitha, wel, life-changing rili."

Trodd pawb i edrych arni. Rhy bell.

"Dim ond holi o'n i, sa'm isio brathu blydi 'mhen i off, nag oes?"

"Nag oes," meddai Diane, gan droi'r risotto yn ffyrnicach ac edrych ar ei merch ganol dros ei hysgwydd cyn cymryd llowciad mawr o'i Sauvignon Blanc. "Leia, 'dan ni ddim isio scene heno, iawn."

Pam ffwc bod rhaid dweud hynna? Yr eiliad roedd Leia yn clywed ei mam yn dweud pethau fel yna, yn y llais yna, roedd hi'n ysu am greu 'scene'. Brwydrodd yn erbyn ysfa gref iawn i daflu ei gwydr gwin yn erbyn drysau'r patio newydd.

Cyfrodd i ddeg a chymryd llymaid arall. Ar hynny agorodd y drws ffrynt a rhoddodd Leia ochenaid o ryddhad wrth weld bod Gwawr wedi cyrraedd.

Daeth i mewn fel corwynt, yn gollwng ei chôt a'i bag a'i

ffon hoci a'i ffolder celf mewn llefydd amrywiol ar hyd y stafell fyw cyn estyn gwydr gwin a'i lenwi reit i'r top gyda Merlot.

"Haia, deulu hoff," meddai, gan wenu'n annwyl ac eistedd wrth ymyl Leia. "Haia, chica," meddai, gan blannu cusan fach ar ysgwydd Leia.

"Ei, ara deg ar y gwin 'na," meddai Diane, ond gyda gwên lond ei llais. "Sgen ti waith cartref i'w wneud wedyn? Fydd 'na fawr o siâp arno fo os wyt ti wedi yfad gymaint â hynna!"

"O chill, Diane," meddai Gwawr, gan godi a rhoi cusan fawr ar foch ei mam. "Mm, ogla da ar hwnna."

Sythodd Glesni a chlirio ei llwnc cyn gwneud ei chyhoeddiad.

"So rŵan bod pawb wedi cyrraedd… ma gen i news!" Edrychodd yn araf ar wynebau ei mam a'i chwiorydd. "Lle mae Dad? Dwi isio fo yma pan dwi'n deud hyn!"

"Hyyyyyyyyyyyyyyyyyyyw!" udodd Gwawr dros y tŷ. Cyn gwenu'n ddel a chymryd sip arall o'r gwin. "Fydd o lawr rŵan."

Gallai'r 'fenga o'r dair ddawnsio rhwng bod yn bowld a bod yn berffaith o fore gwyn tan nos, a phan oedd hi'n berffaith roedd hi mor berffaith, ac annwyl a hoffus nes bod pawb a phopeth yn maddau iddi am fod mor bowld a hy weddill yr amser.

Edrychodd Leia arni a gwenu. Roedd hi wedi lled-addoli ei chwaer fach ers yr eiliad gyntaf iddi ei gweld erioed, yn un parsel twt o flancedi pinc ym mreichiau Dad. A dyma hi rŵan, yn wallt melyn i gyd, ambell stud a hoop yma ac acw, ac yn fwy na dim, yn disgleirio. Wastad yn disgleirio. Teimlodd Leia dynfa sydyn i neidio o'i sedd a gafael ynddi, a'i gwasgu nes bod y ddwy yn troi'n un ac y gallai hi jyst bod yn Gwawr am weddill ei bywyd. Dwy chwaer yn lle tair.

"Argol, be ydy'r gweiddi 'ma? Cheith dyn ddim llonydd i fynd i lle chwech dyddia 'ma?"

"Dad, 'dan ni gyd yn gwbod bo' chdi'n cymryd ages am bo' chdi'n chwarae Wordle ar y pan. Ma gan Glesni news i ni," meddai Gwawr gan edrych yn eiddgar ar Glesni.

Edrychodd Leia ar ei chwaer fawr. Allai hi glywed y coegni yn llais Gwawr tybed? A beth fyddai'r newyddion mawr? Doedd Leia ddim mewn hwylia i dderbyn unrhyw news, a dweud y gwir. Roedd llawer gormod o hwnnw wedi bod yn ddiweddar.

"Wel? Be ydy dy news di, blodyn?" gofynnodd Diane wrth droi'r risotto hyd syrffed.

A heb oedi eiliad yn rhagor dyma Glesni yn hanner gweiddi hanner sgrechian ei newyddion.

"Ma Rhodri a fi wedi dyweddïo!"

Gyda'r geiriau hynny teimlodd Leia amser yn arafu

wrth i'w mam a'i thad a'i chwaer fach neidio ar eu traed a rhedeg i gofleidio Glesni. Ond arhosodd hi lle'r oedd hi.

"Lle mae Rhodri 'ta? Pam ti'n deud wrthan ni hebddo fo?"

Prin bod neb wedi clywed yng nghanol y gwichian a'r sgrechian a'r neidio i fyny ac i lawr.

"Be?"

"Pam bo' chdi'n deud wrthan ni heb Rhodri? Bach yn weird, yndy?"

Trodd Diane i wynebu Leia, gan geisio rheoli ei gwylltineb.

"Dyna'r cwbwl sydd gen ti i'w ddeud? Ma dy chwaer fawr yn dod adra ar ddiwrnod ei phen-blwydd ac yn deud ei bod hi'n mynd i fod yn priodi the love of her life a dyna sgin ti i ddeud? Ti'm hyd yn oed am ddeud llongyfarchiadau wrthi?!"

Ochneidiodd Leia. Sut oedd hyn wedi digwydd? Roedd hi wedi cyrraedd yma yn llawn bwriad bihafio a pheidio corddi neb, os bosib.

"Ia, na, llongyfarchiadau Glesni. Da iawn. Grêt. Newyddion grêt. Jyst meddwl ella fasa Rhodri isio bod yma pan ti'n rhannu'r news, dyna i gyd."

"Da iawn?! Chdi sy'n weird, Leia!" Yn amlwg roedd Glesni yn rhy hapus i adael i ymddygiad ei chwaer fach haerllug amharu ar ei hapusrwydd heno. "Mi oedd Rhods wir isio bod yma ond roedd o'n gorfod gweithio heno. Shifft hwyr, ti'n gwybod sut ma hi," meddai wrth ei mam yn fwy na neb arall. "Unwaith ti mewn efo'r BBC ti'n gorfod mynd that extra mile weithia, t'mod? Ond mae o'n cyfarfod fi nes mlaen am ddrinc pen-blwydd. Ac i ddechrau cynllunio!"

A gyda'r gair 'cynllunio' dechreuodd Glesni, Diane a Gwawr wichian a sgrechian unwaith eto, tra bod Hywyn yn estyn am y gwydrau tal a photel o Prosecco.

"Prosecco?! Blydi hel, Scrooge! Dos i nôl y siampên!" meddai Diane, cyn amneidio, "Ooo mai god, y bali risotto!" nes bod y tair yn crio chwerthin eto.

Cododd Leia a cherdded at ei thad.

"Tisio hand, Dad?"

Gwenodd arni gyda'i lygaid cyn pasio tri gwydr tal iddi.

"Siampên it is!" meddai, gan rowlio ei lygaid ar ei ferch ganol, oedd i'w weld yr un mor ddryslyd ag yntau am y teulu roedden nhw ynddo.

Ar ôl i bawb symud ychydig o risotto o gwmpas eu platiau am dipyn aeth Diane i nôl llyfr nodiadau newydd o'i stydi, ei osod ar y bwrdd ac agor ail botel o siampên. Diflannodd Hywyn i rywle'n dawel, wedi meistroli'r grefft ar ôl dros ugain mlynedd o sgyrsiau ar ôl swper y merched yn ei fywyd, ac eisteddodd Leia yno'n meddwl tybed allai hithau ddiflannu ar y pwynt yma, ond cyn iddi agor ei cheg i esgusodi ei hun dechreuodd Diane siarad.

"Reit, lle mae dechra?" meddai, ei chynnwrf a'i brwdfrydedd yn amlwg, fel petai'n aros i un o'i merched ddyweddïo ers blynyddoedd mawr. "Venue, lle dach chi ffansi, Gles? Dach chi wedi meddwl?"

"O do, wel, oedd Rhods isio priodi yn y clwb criced ond obviously that's not my scene so dwi 'di berswadio fo y basa Plas Glan yr Afon yn ddewis mwy addas."

"Www ia, ma'r gerddi mor neis yn fan'na," meddai Gwawr, yn cael ei chario ar don y cynnwrf a'r cynlluniau ac yn prysur ddechrau hel meddyliau am ddawnsio gyda ffrindiau sengl Rhodri o Gaerdydd.

"O, perffaith," meddai Diane gan ysgrifennu Plas Glan yr Afon yn fawr wrth ymyl y gair venue, yn llawn bwriad fel petai wedi cyflawni ychydig o waith trefnu jyst wrth ysgrifennu'r geiriau. "Fedra i weld y lluniau rŵan!"

"Reit 'ta. Morynion? Nia a Gwawr yn amlwg, a Sophie, ella?"

Eisteddodd y tair arall yn dawel.

"A Leia 'de, Mam?" meddai Gwawr, gan wneud llygaid mawr ar ei mam.

"O, wel, o'n i jyst yn meddwl ella sa chdi ddim isio, Leia. Not your thing, really, nadi? A ti'm isio pobol yn hel straeon, nag oes, dim ar ddiwrnod mor bwysig. Ond, os tisio, mi gei di fod yn forwyn yn amlwg. O nefoedd, gwrandewch arna fi, sa chi'n meddwl na fi sy'n priodi! Chdi sydd i ddeud 'de, Gles. Oeddet ti wedi meddwl am forynion?"

Cyn i Glesni gael cyfle i ateb ei mam roedd Leia ar ei thraed.

"O, paid â bod yn ddramatig, Leia, do'n i ddim yn meddwl..."

"Mae'n iawn, Mam," meddai Leia, cyn rhoi clec i'r siampên yng ngwaelod ei gwydr. "'O'n i'n aros am esgus i adael eniwe. Mwynhewch y trefnu."

Tynnodd y drws ar ei hôl gyda chlep fwriadol, a gan obeithio yn ei pherfedd y bydden nhw'n siarad amdani am eiliad neu ddwy o leiaf, cyn bwrw mlaen â'r trefnu.

7

Ers pan oedd hi'n ferch fach, allai Leia ddim rheoli ei dagrau. Pan oedd hi'n teimlo'r emosiwn yn cronni byddai'r dagrau'n bygwth. Ar ôl tynnu'r drws ar ei hôl ystyriodd fynd adra ond yna cofiodd am Chris a'i sbliff enfawr am naw y bore, ac am gariad newydd Gwyn. Fyddai fawr o gysur na sens i'w gael yno am naw y nos.

Trodd i'r chwith a cherdded yn wyllt, ei llygaid yn poethi wrth iddi geisio mygu'r emosiwn oedd yn llenwi ei llwnc.

Aeth am gyfeiriad y doc ac estyn sgarff o'i bag i'w lapio am ei gwddw ac i sychu'r dagrau oedd wedi dechrau llifo. Roedd Awst yn llithro o'r golwg a Medi'n brathu'n barod.

Sut allai ei mam jyst anghofio amdani fel yna? Neu oedd o'n fwy bwriadol, ac nid anghofio wnaeth hi o gwbwl, ond dewis y byddai'n well peidio ei chael hi'n forwyn? A pha un o'r ddau beth oedd waethaf?

Doedd Leia ddim yn siŵr pam fod hyn yn brifo gymaint. Fasai hi ddim wedi mwynhau yr un eiliad o fod yn forwyn briodas; o gael ei gorfodi i wisgo ffrog wirion a chael colur crand a rhywun yn tynnu ei gwallt i dop ei phen nes bod ei phenglog yn curo, a Glesni yn tra-arglwyddiaethu dros bawb. Ond, oedd hyn yn gip ar beth oedd i ddod? Oedd hi'n mynd i gael ei thorri allan o ddigwyddiadau teuluol o hyn allan? Neu ei hel i'r ochr fel rhyw hen ewythr budur? Oedd hi am fod yn achos cywilydd parhaus, oherwydd un camgymeriad gwirion?

Teimlodd ei llygaid yn llosgi. Roedd y gwynt yn codi, a dim ond ambell un i'w gweld yn y pellter yn mynd â'u cŵn am dro.

"Leia?"

Byddai wedi adnabod y llais yn unrhyw le. Ceisiodd anadlu a sychu ei dagrau ac unrhyw hoel masgara posib mewn un go. Wynebodd y môr a cheisio cael ei gwynt ati cyn troi ato, ei chalon yn curo'n galed.

"Hei, ti'n iawn?"

Edrychodd Sam arni. Dyma hi. Pob tamaid ohoni. Yr union 'run maint â'r tro diwethaf y gwelodd hi. Yn bum troedfedd a thair modfedd. Ddim yn dal a ddim yn fyr. Yn dlws, dlws, ac yn flin. Yn brifo. Yn ei DMs piws. Yn hi, er gwaethaf beth roedd hi wedi'i wneud. Oherwydd beth roedd hi wedi'i wneud. Yn crio. Heb newid dim ond pob dim yn wahanol.

Ydw i'n iawn? Wnaeth o ddim ateb y cwestiwn, dim ond camu yn nes a chau'r gwagle rhyngddynt.

Teimlodd Leia ei hun yn llithro i mewn i'w afael, a

meddwl eto ei bod wedi ei dylunio i ffitio yn berffaith yn erbyn y corff yma. Roedd o'n gwisgo crys-T, fel arfer, ond roedd o'n boeth, boeth. Roedd ei phen yn cyrraedd at ei sgwyddau, ac wrth bwyso ei phen yn ei erbyn gallai glywed ei galon. Gafaelodd amdani gyda'i freichiau hir, y ddwy yn cau amdani ac yn cwfwr yn gynnes ar waelod ei chefn.

Anadlodd y ddau, ar wahân i ddechrau, ond yn raddol ar y cyd. Y cynhesrwydd a'r anadl yn eu meddiannu. Nes ar ôl ychydig, gallai Leia goelio nad oedd unrhyw beth drwg erioed wedi digwydd yn y byd. Yna camodd Sam yn ôl a thorri'r hud.

"Tisio cerddad?"

"Ia, iawn."

Ac ar ôl bod mor agos, bron yn un, wnaeth o ddim cynnig ei law wrth iddyn nhw gerdded ochr yn ochr ar hyd y doc.

Ceisiodd Sam feddwl beth i'w wneud efo'i ddwylo. Beth i'w ddweud. Roedd cymaint wedi digwydd. Pwy oedd hi? Leia oedd hi. Ond pwy oedd hi rŵan? Pwy oedd o?

Cerddodd y ddau heibio'r cychod hwylio, y gwynt yn sibrwd cyfrinachau ac yn chwibanu rhwng eu hwyliau.

"Ro'n i'n meddwl 'swn i'n dy weld di nos Iau," meddai Leia o'r diwedd, ar ôl i'r tawelwch chwyddo gormod.

"O, ia, carate. Ia, gnei. Sut mae pethau yn y Ganolfan 'ta? Ydy Kevin Moss yn rhoi hassle i chdi?"

Y cwestiwn call cyntaf roedd unrhyw un wedi'i ofyn iddi ers iddi ddechrau ar ei dedfryd.

"God, yndy. Mae'r boi mor… dwn i'm. Intense. Mae o isio bob dim fod yn berffaith, trwy'r amser. A mae o'n cael mega power trip, sti. Ti'n gallu deud na dyna pam aeth o am y job yma yn y lle cynta. Mae o jyst yn cael gymaint o thrill o ddeud wrtha fi be i neud, pryd i neud o, sut i neud o."

Aeth yn ei blaen, rhai o'r pethau oedd wedi bod yn troelli yng nghefn ei phen ers dyddiau yn llifo allan yn rhwydd.

"Ond weithiau dwi ddim yn siŵr os dwi'n casáu'r boi neu jyst yn teimlo bechod drosto fo. Mae o'n amlwg yn mynd trwy ryw fath o mid-life crisis. Ma'r boi yn cael ffêc tan, for god's sake! Be ydy pwynt cael ffêc tan mewn lle fel hyn? Ma pawb arall sy'n byw yma yn mynd i wbod bod o'n ffêc, dydyn, achos mae pawb arall mor wyn â blydi 'sbrydion!"

Chwarddodd Sam yn ysgafn, ac edrych ar Leia o gornel ei lygaid. Roedd hi wedi sythu ei gwallt heddiw, ond pan fyddai o'n meddwl amdani roedd ganddi wastad wallt cyrliog.

Roedd ei dagrau wedi sychu wrth iddi siarad, a'i hysbryd yn ôl yn dawnsio yn ei llygaid. Yr ysbryd oedd wedi ei hudo ers y cychwyn cyntaf. Ond allai o ddim ymddiried yn ei deimladau erbyn hyn. Oedd o'n ei hadnabod hi o gwbl?

"So, ti'n gorfod neud hyn am fisoedd rŵan?"

Cerddodd y ddau heibio i'r Llongwr, y sgwrs rhyngddynt yn dawel am eiliad wrth i sŵn y gwydrau a'r lleisiau a'r cyllyll a ffyrc ar blatiau gario ar yr awel. Synau bywydau pobl eraill.

Atebodd Leia yn onest, gan deimlo'n annisgwyl o falch o gael siarad am y peth.

"Ges i 300 awr gan y barnwr. So ia. Tri diwrnod yr wythnos am tua pum mis. Bron i hanner blwyddyn o 'mywyd i. Ond ti'n gwbod be, dwi'm yn gwbod be arall 'swn i wedi neud efo'r amser yma chwaith. Oedd o jyst yna, yn wag o 'mlaen i. Yn hollol wag fatha tudalen wen, a doedd genna i ddim syniad sut i'w llenwi hi. Fel pan oedd Miss Lewis yn rhoi papur i ni ac yn deud wrtha ni sgwennu stori erstalwm, ti'n cofio? Do'n i byth yn gwbod lle i ddechrau."

Cerddodd y ddau ochr yn ochr, y naill a'r llall yn ymwybodol o union faint y gwagle rhyngddynt. Gwagle llawn addewid a phosibilrwydd ac ofn.

"Be amdana chdi, Sam?" Teimlodd ei enw fel sidan ar ei thafod. Sam. Roedd ei enw wedi dawnsio ar ei thafod ers Blwyddyn 2. Bron i bymtheg mlynedd. Roedd enwau eraill wedi dawnsio arno dros y blynyddoedd, ond enw Sam oedd yn aros.

"Be amdana fi?" gofynnodd, gan rwbio ei war fel y byddai wastad yn gwneud pan fyddai'r sylw'n troi ato fo.

"Wel, sut ma hi'n mynd efo'r beics? Ti'n hapus yn neud hynna? Fan'na fyddi di rŵan ti'n meddwl?"

Clywodd Leia ei hun. Pam ei bod hi'n holi gymaint arno? Roedd hi'n swnio fel cynghorydd gyrfa busneslyd. Ac roedd hi'n gwybod nad dyna lle'r oedd o eisiau bod, dim go iawn. Ond efo bob dim oedd wedi digwydd, dyna lle roedd o.

Cliciodd pob un o gymalau ei bysedd wrth aros iddo ateb.

"Ym. Wel, mae'n iawn. Mae'r gwaith yn hawdd. Wel dim hawdd, ti'n gwbod be dwi'n feddwl, dio ddim yn stress, a dwi ddim yn gorfod sbio ar sgrin trwy'r dydd yn ateb emails."

"Lwcus. Sa ddim lot o bobol yn gallu deud hynna. Ond, ti yn gorfod gweithio efo Elis..." meddai Leia gyda gŵen, i geisio ysgafnhau y sgwrs.

Chwarddodd Sam yn ysgafn eto, gan rwbio ei war a sbio allan ar y môr.

"Yndw, ma gin ti bwynt yn fan'na!"

Roedd pawb oedd yn adnabod Elis yn gwybod ei fod fel pwll y môr, ac roedd pawb oedd yn adnabod Sam yn gwybod ei fod o'n dra gwahanol. Roedd o'n dewis ei eiriau fel plentyn â phunt yn ei boced yn dewis pic-a-mics; yn ofalus, yn ymwybodol o bwysau pob un.

Erbyn hyn roeddent wedi cyrraedd pen pella'r cei; y

pwynt pan oedd rhaid penderfynu a oeddent am barhau i gerdded ar hyd llwybr yr arfordir, neu droi yn ôl am y doc.

"Sam," estynnodd Leia am law Sam. Y gwin a'r siampên a'r dagrau ac agosatrwydd ei gorff yn ei gwneud yn chwil.

"Pam 'nest ti o, Leia?" gofynnodd Sam, cyn iddi gael dweud beth bynnag oedd hi am ddweud, a gan wthio ei ddwylo i'w bocedi yn sydyn.

Pasiodd dyn yn mynd â'i gi am dro a nodiodd y dynion ar ei gilydd. Edrychodd Leia ar y llwybr dan ei thraed a sylwi ar fwyar duon oedd wedi eu sathru yn un slwj.

Pam? Allai hi ateb? Oedd ganddi ateb?

"Pam 'nest ti hynna? Mae o jyst..."

Daliodd Leia ei gwynt.

"Mae o jyst yn sgym o beth i neud. Torri mewn i gartref hen bobol i ddwyn pres. Ffyc sêcs, Leia. Fan'na oedd Taid. Ti'n gwbod hynna, wyt? Yn Preswylfa oedd Taid."

Syllodd Leia ar ei DMs ond doedd ganddi ddim ateb. Doedd dim sŵn yn dod allan o'i cheg. Gwelodd ei dagrau yn glanio ar ei hesgidiau cyn sylweddoli ei bod yn crio eto. Ac erbyn iddi godi ei dwylo i'w sychu, roedd Sam wedi mynd.

8

"Ble mae Eira Wen wedi mynd?" holodd Hannah Lewis. Roedd y glaw yn chwipio a'r awyr yn duo er mai dim ond toc wedi dau y prynhawn oedd hi.

"Mae 'di mynd i toilet, Miss!" meddai un o'r corachod fel siot. "Gwneud pw-pw mae hi mae'n siŵr!" A dechreuodd y plant chwerthin a gwichian, yr anwedd yn llifo lawr y ffenestri wrth i wres eu cyrff bywiog boethi'r stafell. Meddyliodd Hannah am Betsan ei ffrind gorau, oedd yn gorwedd ar draeth yng Ngwlad Thai ar hyn o bryd, a chwestiynu eto pam ei bod wedi dewis mynd yn athrawes gynradd, a pam o pam ei bod wedi gwirfoddoli i roi trefn ar y cyngerdd Nadolig.

Ochneidiodd. Dyna'r trydydd tro mewn hanner awr i Eira Wen fynd i'r tŷ bach. Nerfau, beryg. Hyrddiodd y gwynt a'r glaw yn erbyn y ffenest eto ac edrychodd ar ei horiawr. Dim ond hanner awr oedd i fynd nes bod y cyngerdd i fod i ddechrau. Roedd hi'n rhy hwyr i ohirio rŵan. Byddai rhaid gobeithio bod pawb yn cyrraedd yn saff er gwaetha'r tywydd mawr.

"Reit, Blwyddyn 4, dewch i sefyll mewn rhes plis, ac mi awn ni trwy bopeth unwaith eto."

Brysiodd y traed bach i wneud fel oedd Miss yn gofyn, pob un yn llawer mwy cydsyniol yma nag oedden nhw adra.

Edrychodd ar y giwed gyffrous o'i blaen, pob un â'i ran yn y cynhyrchiad, boed hynny yn seren y sioe neu'n berson cario props. Roedd hi wedi rhoi llawer o feddwl i'r cwbl, yn benderfynol o wneud yn siŵr nad oedd neb yn cael ei adael allan neu'n casáu'r profiad fel roedd ei brawd ei hun wedi gwneud flynyddoedd yn ôl.

"Iawn 'ta. Lle mae'r saith corrach?"

Saethodd saith llaw falch i'r awyr. "Fama, Miss!"

Roedd hi wedi mwynhau dewis pa saith fyddai'n gorachod. Cyfle i'r jociwrs a'r heriwrs gael dangos eu hunain ar y llwyfan a gwneud i'r gynulleidfa chwerthin. Gwenodd pob un yn falch wrth ddod i sefyll drws nesaf i'w gilydd, y paent wyneb yn gwneud eu bochau cochion yn gochach fyth.

"Iawn, grêt. Lle mae'r Wrach Ddrwg?"

"Dwi'n fama!" meddai Leia Davies, gan redeg o gefn y dosbarth i fod wrth ochr y Corrach Blin.

"Ydy'r bysedd ffug yna ddigon tyn rŵan, Leia?" Roedd un o'r bysedd hirfain gwyrdd wedi hedfan ar draws y stafell yn ystod yr ymarfer y bore hwnnw.

"Yndyn, Miss. Dwi wedi stwffio bysedd fi reit mewn," meddai Leia'n falch.

Aeth Hannah Lewis yn ei blaen gan sicrhau bod pob plentyn yn cofio eu llinellau a'u dyletswyddau.

"Popeth yn barod gyda'r golau, Sam?"

Er ei fod yn fachgen tawel roedd Hannah wedi dod i adnabod Sam yn dda ers iddo ddod i'w dosbarth 'nôl ym Mlwyddyn 2, a gwyddai y byddai'n casáu bod ar lwyfan o flaen pawb. Y goleuo oedd ei ddyletswydd o felly; sicrhau bod y golau lliwgar yn cael ei droi ymlaen yn ystod y caneuon, a bod y prif olau yn pwyntio tuag at Eira Wen a'r Wrach Ddrwg ar yr adegau cywir.

"Reit, dewch. Mi awn ni am y neuadd i ymarfer y gân olaf. Mi fydd eich teuluoedd chi'n dechrau cyrraedd toc!"

Ac i ffwrdd â nhw fel neidr gantroed, a Miss Lewis hefyd yn teimlo cosi adenydd y pilipalas yn ei bol.

Erbyn hanner awr wedi dau roedd y neuadd dan ei sang gyda mamau a thadau a neiniau a theidiau i gyd yn tynnu eu hetiau a'u cotiau gwlyb, ac yn gwthio eu bagiau rhwng eu traed neu o dan eu seddi yn barod i weld eu hepil ar y llwyfan. Roedd y criw gefn llwyfan yn tincian dan gyffro, ac Eira Wen wedi diflannu i'r tŷ bach eto.

"Leia, ei di i weld ydy Erin yn iawn plis? Rydan ni'n dechrau mewn pum munud!"

Nodiodd Leia a gwibio am y toiledau.

"Erin?" Gwyrodd Leia ar ei phedwar er mwyn edrych o dan y drws i wneud yn siŵr mai ei ffrind gorau oedd yno. Ia, roedd hi'n adnabod esgidiau glas Eira Wen.

"Ti'n iawn? Mae Miss Lewis yn deud bo' raid i chdi ddod. 'Dan ni'n dechrau mewn pum munud!"

Distawrwydd, ond yna clywodd Leia sŵn y clo yn llithro'n araf. Roedd wyneb Eira Wen fel y galchen.

"Ti'n iawn?"

"Nadw. Teimlo'n sâl. Dwi'm isio neud hyn ddim mwy."

Edrychodd Leia ar ei ffrind a meddwl pa mor ddel oedd hi'n edrych yn ei gwisg Eira Wen, er ei bod hi'n wyn fel ysbryd. Nid dyma'r Erin oedd hi'n ei adnabod. Erin oedd yn arwain y criw ac yn cael ei ffordd ei hun, yn dweud be oedd be ac yn cadw trefn. Doedd hi byth yn nerfus. Doedd hi ddim ofn unrhyw beth.

"Tyrd, fyddi di'n iawn siŵr. Ti'n gwbod dy leins i gyd. 'Dan ni wedi practisio nhw drosodd a drosodd, do!"

Llithrodd Erin ei bys o dan ei thrwyn a snwffian.

"Ti'n cofio pan o'n i ofn mynd i nofio o blaen?" holodd Leia, gan edrych i lygaid ei ffrind. "O'n i'n casáu mynd. Ofn o'n i. Pan oeddan ni'n Blwyddyn 2. Ond chdi wnaeth neud i fi fynd. Ti'n cofio be 'nest ti ddeud wrtha fi?"

Ysgydwodd Erin ei phen, doedd hi ddim yn cofio. Roedd hi'n dweud wrth bobl beth i'w wneud yn aml.

"'Nest ti ddeud wrtha fi bod gen ti botel o hud a llefrith yn dy fag. Ti'n cofio? A 'nest ti agor dy fag ysgol a nôl dy fflasg a deud wrtha fi na hud a llefrith oedd o. Ac y basa fo'n neud fi'n ddewr. A 'nest ti roi sip o dy lefrith i fi, a deud 'dyna ni, fyddi di'n ddewr rŵan'! A 'nes i goelio chdi a mynd mewn i'r pwll. Ti'n cofio?"

Edrychodd Erin ar ei ffrind wrth i'r stori ganu cloch yng nghefn ei phen.

Trodd Leia i edrych o'i chwmpas a gweld cwpan fach blastig ar y silff. Gafaelodd ynddi, a gwthio un o'r tapiau dŵr oer i lawr nes bod dŵr yn llifo mewn i'r gwpan.

"Dyma fo. Hud a llefrith. Yfa hwn a fyddi di'n iawn."

Rowliodd Erin ei llygaid. "Dŵr ydy hwnna."

"Cwic! Brysia! Yfa fo!" meddai Leia, gan ddal trwyn ei ffrind gorau a thywallt hanner y diod lawr ei chorn gwddw.

Tagodd Erin a phoeri'r diod dros y llawr a thros wyneb Leia. Tagodd y ddwy cyn dechrau chwerthin fel pethau gwirion cyn i'r drws agor.

"Be gythraul ydach chi'n neud, genod?! Dewch, rydan ni ar fin dechra!"

Heliodd Miss Lewis nhw am y llwyfan fel petai'n hel ieir i glwydo.

"Iawn, Blwyddyn 4, i'ch llefydd! Pob lwc! Fyddwch chi'n wych!"

Brysiodd Eira Wen a'r corachod i ochr y llwyfan, safodd y côr yn rhesi twt ac aeth y Wrach Ddrwg i gefn y llwyfan.

"Iawn?"

Nodiodd Sam o'r bocs goleuo.

Gwenodd Leia a pharcio ei hun y tu ôl iddo ar fainc bren. Roedd y golau wedi ei ostwng, a'r neuadd yn dawel. Doedd y Wrach Ddrwg ddim yn ymddangos tan ar ôl y gân gyntaf, felly roedd Leia wedi dechrau dod i arferiad o ddod i eistedd tu ôl i Sam yn y bocs goleuo tan ei bod yn cael ei galw i ochr y llwyfan gan Miss Lewis.

Roedd Sam yn canolbwyntio, yn gwneud yn siŵr ei fod yn symud y lifer cywir i godi'r golau ar yr amser iawn. Ar ôl codi'r golau mawr a gwasgu'r golau lliwgar ar gyfer y gân gyntaf byddai

Sam yn dod i eistedd wrth ochr Leia, yn rhydd o'i ddyletswyddau yntau am bum munud.

Eisteddai'r ddau yn y tywyllwch, eu coesau'n siglo'n ôl ac ymlaen yr un pryd, ac er bod wìg werdd y Wrach Ddrwg yn cosi pen Leia fel mil o chwain wnâi hi ddim codi ei llaw i grafu rhag torri'r swyn.

Rowliodd Hannah Lewis ei llygaid a gwenu'n smala wrth weld Sam a Leia'n eistedd wrth ochrau'i gilydd eto, cyn troi ei golygon at y llwyfan lle'r oedd Eira Wen yn cuddio ei nerfau yn gampus, a'r corachod yn mynd trwy eu pethau gan wneud i bawb chwerthin. Sylwodd fod ambell hances boced barod yn y gynulleidfa ac wrth glywed y glaw yn curo ffenestri mawr y neuadd, a'r dorf yn morio chwerthin eto, lapiodd y stafell amdani, yn gynhesach nag unrhyw haul poeth mewn gwlad bell.

9

Roedd yn annhebygol bod yr un Picasso ymysg aelodau Clwb Arlunio wythnosol y Ganolfan. Daeth y criw i mewn yn sgwrsio bymtheg y dwsin ac yn drymlwythog gan fagiau'n llawn paent a phensiliau, brwshys a chynfasau, a phob un yn cario îsl dan ei fraich. Y mwyafrif yn amlwg wedi hen ymddeol, ond ambell un ieuengach yn eu plith hefyd. Ar y dôl fatha hi ella? Neu'n ddigon loaded i beidio gorfod gweithio? Ceisiodd edrych arnynt heb edrych arnynt. Roedd rhyw un neu ddau yn gyfarwydd ond synnodd cynifer ohonynt oedd yn wynebau diarth.

Doedd Leia ddim wedi trio dyfalu sut oedd angen gosod y stafell heddiw, a doedd dim nodiadau yn y ffolder chwaith, felly roedd y byrddau a'r cadeiriau i gyd wedi eu pentyrru yn un ochr y stafell. Mae'n siŵr y byddai'r athrawes arlunio yn dweud sut oedd popeth i fod ar ôl iddi gyrraedd, pwy bynnag oedd honno. Edrychodd eto ar y nodiadau yn y ffolder. Doedd hi ddim yn adnabod yr enw, ond pwy bynnag oedd Sarah Lloyd, hi oedd i fod i gynnal y wers, ac roedd hi i fod i ddechrau ddeg munud yn ôl ond doedd dim golwg ohoni. Doedd yr un o'r Picassos i weld yn poeni rhyw lawer. Roedd Leia ar fin codi i wneud coffi arall pan ddaeth llais i'w chlust.

"Sut ydach chi, Leia?" Trodd Leia'n sydyn i weld yr hen ddyn ffeind wrth ei hochr. Chwarae cardiau ac arlunio felly. Fyddai o yn y gwersi carate hefyd tybed? Ceisiodd gael y darlun ohono yn gwneud flying-kick allan o'i phen.

"Helô, sut ydach chi, Mr..."

"O, galwa fi'n Caradog. Dwi'n o lew, sti, dal i gredu, yntê. A chditha? Sut mae dy wythnos gynta di wedi bod?"

Doedd Leia ddim wedi disgwyl i neb ddechrau sgwrs efo hi, a doedd hi ddim wedi siarad efo'r un enaid byw y bore hwnnw eto, felly cymerodd eiliad iddi roi trefn ar ei meddyliau cyn medru ateb.

"Ym, wel, tydw i ddim wedi gwneud wythnos lawn eto, ond iawn hyd yma, diolch am holi."

"Da iawn wir," meddai gan roi pat-pat ar ei llaw. "Mae'n braf cael wyneb ifanc yn y lle yma. Dim amharch i'r hen Bryderi, cofiwch, ond hen ddiawl crintachlyd oedd o." A gyda hynny rhoddodd Caradog winc fawr i Leia cyn ailafael yn ei ddeunyddiau a cherdded draw i ochr arall y stafell. Gwenodd Leia, cyn trio cofio'r tro diwethaf iddi wneud hynny.

"Bore da, bawb, bore da, bore da!"

Daeth Sarah Lloyd i mewn fel corwynt. Corwynt oedd wedi chwyrlïo trwy siop baent ar ei ffordd. Gwisgai ffrog laes goch ac oren a phiws, roedd sgarff oren a melyn wedi ei lapio am ei phen a chlustdlysau arian yn hongian o'i chlustiau. Doedd ganddi ddim dros ei hysgwyddau er bod y gwynt yn fain, ac roedd blodau ac afonydd o inc du yn britho ei chefn.

"Sori, sori 'mod i'n hwyr, roedd yn rhaid i mi roid lifft i Ryan sydd yma i'n helpu ni bore 'ma. A dyma fo! Pawb, Ryan, Ryan, pawb!"

Edrychodd Ryan o'i gwmpas fel petai newydd lanio o'r blaned Mawrth. Cododd pawb law gan ddweud 'helô Ryan', fel côr cyd-adrodd.

"O, tydy o ddim yn siarad Cymraeg, nag wyt Ryan? Ond dim ots am hynny heddiw nac'di? Do you want to get ready, love? There's a toilet down the end, I'm sure this lovely lady can you show the way," meddai Sarah Lloyd, gan amneidio at Leia.

Neidiodd Leia ar ei thraed wrth sylweddoli bod gofyn iddi wneud rhywbeth. Roedd hi'n anghofio ble'r oedd hi weithiau, ar ôl cyfnodau hir heb siarad ag unrhyw un. Bron ei bod yn anghofio ei bod yno o gwbl.

"Ym, ia, ffor yma, this way," meddai'n chwithig gan ei arwain at y tai bach.

Beth yn union oedd o angen ei wneud yn y toilet i ymbaratoi? Pwyntiodd Leia at y toilet ac yna dychwelyd i'w sedd gan edrych eto yn y nodiadau. Doedd enw Ryan ddim yn y nodiadau yn unman.

"Dewch rŵan, estynnwch eich îsls plis, bawb. Mi fydd yna ddigon o amser am sgwrs ar y diwedd. Chop chop!" Prysurodd pawb i osod eu papur ac estyn eu hoffer yn ddisgyblion da. "Dim ond pensel fyddwch chi angen heddiw. Rydan ni am ganolbwyntio ar y corff bore 'ma; sut i fraslunio siâp y corff, y cyhyrau, y cysgodion ac ati. Fydd Ryan efo ni mewn dau funud."

Siâp y corff? Gwawriodd swydd Ryan ar Leia, ac yr eiliad honno daeth i'r golwg eto, yn noethlymun groen. Cerddodd yn gwbl hyderus i ganol y stafell ac eistedd yn hamddenol ar stôl roedd Sarah Lloyd wedi ei gosod iddo.

"There you go, if you perch, yes, just like that, a bit to the left, perfect!"

Wrth geisio prosesu'r peth swreal oedd yn digwydd o'i blaen gwnaeth Leia nodyn meddyliol ymarferol dros ben i lanhau'r stôl yn drylwyr ar ddiwedd y wers.

"Rŵan 'ta, bawb, dwi am i chi ganolbwyntio ar gorff Ryan. Edrychwch ar siâp y gwddw. Edrychwch wedyn ar lif y cefn, y cyhyrau, sut mae gwaelod y cefn yn cwrdd â'r pen-ôl, y pidyn wedyn, ystyriwch ei hyd a'i led, yna'r coesau cryfion yna, ac edrychwch yn fanwl ar y pengliniau, y fferau, a'r traed.

"Dwi am i bawb edrych am bum munud cyn dechrau sgetsio. Tynnwch y llun yn eich pen gyntaf, fel fydda i'n deud wrthoch chi bob amser, cyn dechrau ar y papur."

Er ei bod yn ugain oed, ac wedi gweld mwy nag un dyn

noeth, roedd y sefyllfa annisgwyl wedi codi chwerthin yn ddwfn ym mol Leia. Bu'n rhaid iddi droi at ei ffolder a dal ei thrwyn i atal y chwerthin rhag dianc.

Rowliodd smôc er mwyn ceisio anghofio am yr ysfa ac unwaith roedd pawb wedi dechrau arlunio sleifiodd i'r gegin i wneud paned, a chodi'r gwres rhyw fymryn, chwarae teg i Ryan. O'r fan hyn gallai weld wynebau nifer o'r Picassos, a sylwodd nad oedd yr un ohonyn nhw yn edrych fel petaent yn ysu i chwerthin.

Wrth i'r dŵr ddod i'r berw a hithau'n estyn am y llefrith clywodd sŵn sgwrsio mawr wrth y drws. Pwy allai fod yno? Roedd y wers arlunio yn para awr a hanner, a doedd neb i fod yn y Ganolfan wedi hynny heddiw. Rhoddodd lygedyn o lefrith yn ei choffi cyn rhoi'r botel yn ôl yn yr oergell, a rhoi tro sydyn i gynnwys y mỳg cyn mynd allan i weld beth oedd y sŵn, ond roedd hi'n rhy hwyr.

"Nefi grasusa! Mae o'n hollol noeth, Jan!"

"Pwy? Be? Yn lle?" Yn dilyn ei llais daeth Jan fel bom i sefyll drws nesa i'w ffrind oedd yn gafael mewn quiche enfawr ac yn syllu'n gegagored.

"A finna'n meddwl na tamaid o'r quiche Lorraine 'na oedd y peth gorau o'n i am ei gael heddiw," meddai Jan, gan roi pwniad i'w ffrind yn ei hochr, a'r ddwy yn dechrau piffian chwerthin.

"Mati, tyrd yma i chdi gael gweld! Fyddi di wrth dy fodd!" gwaeddodd Jan dros ei hysgwydd, gan wneud i ambell un o aelodau'r Clwb Arlunio godi eu pennau i weld beth oedd achos y sŵn. Roedd Ryan, chwarae teg iddo, yn broffesiynol iawn trwy'r cwbl ac yn syllu yn ei flaen fel petai dim yn digwydd. Sylweddolodd Leia y byddai'n rhaid iddi hi gamu i'r adwy.

"Ym, fedra i'ch helpu chi? Mae'r Clwb Arlunio yma ar hyn o bryd, fel y gwelwch chi," a gyda hynny llwyddodd Leia i sleifio o flaen y merched a chau'r drws ar y sioe.

"Ydyn nhw'n cymryd aelodau newydd?" holodd Jan, ei llygaid direidus yn dawnsio.

Gwenodd Leia. " Mi hola i os liciwch chi."

"Siort ora," meddai Jan, cyn cofio pam eu bod nhw yno yn y lle cyntaf. "Ond roeddan ni dan yr argraff bod bore coffi'r WI yma bore 'ma, yn doeddan, Mati?"

Cododd Mati ei phen o'i ffôn cyn ateb. "Ma Sioned newydd anfon tecst. Yn y festri mae'r bora coffi!"

A gyda hynny dechreuodd y tair chwerthin lond eu boliau a cherdded am allan gan godi llaw ar Leia wrth fynd. Clywodd y geiriau 'pishyn' a 'brwsh paent' ar y gwynt wrth iddyn nhw gerdded am festri'r capel.

Aeth Leia yn ôl at ei choffi a'i smôc gan geisio anwybyddu'r teimlad tyn oedd wedi llenwi ei gwddw wrth iddi wylio'r tair ffrind yn cerdded fraich ym mraich i lawr y stryd.

10

Er bod dydd Iau wedi bod yn brysur o'r eiliad roedd y giatiau wedi agor, allai Sam ddim anwybyddu'r tro yn ei stumog pan gofiai pa ddiwrnod oedd hi, a beth oedd hynny'n ei olygu.

Roedd wedi estyn ei ffôn i anfon neges at Leia droeon, ond ar ôl syllu ar y sgrin, ac ar y negeseuon diwethaf i'r ddau anfon at ei gilydd, roedd wedi rhoi'r ffôn yn ôl yn ei boced bob tro.

"Sam, mae 'na ddyn allan yn ffrynt angen imyrjynsi ripêr plis! Pronto!" Wrth glywed llais Elis gadawodd Sam y joban roedd o'n gweithio arni ar ei hanner ac i ffwrdd â fo i ddelio â'r cwsmer oedd ar fwy o frys. Dyma natur ei waith yma, gorfod gadael pethau ar eu hanner byth a hefyd, a cheisio dod o hyd i amser i ddod yn ôl at bethau, i gael trefn.

Bu'n sgwrsio am dipyn gyda'r beiciwr a chael ei hanes yn beicio ar hyd llwybr yr arfordir ac yn aros mewn pabell ar hyd y ffordd gyda dim ond ei gamera a'i stof nwy yn gwmni iddo. Meddyliodd Sam am ei babell yntau oedd yng nghefn y garej a heb weld mynydd na thraeth ers tro. Petai dim rhaid iddo boeni am ei dad, fyddai o'n codi pac a mynd ar grwydr ella? Roedd tynfa'r beic a'r lôn yn gryf.

Addawodd i'r cwsmer y byddai ei feic yn barod erbyn pedwar. Roedd yr olwyn wedi plygu ac felly roedd tipyn o waith i'w wneud arni. Tarodd ei ben i mewn i'r swyddfa i esbonio wrth Elis cyn cario'r beic i'r cefn i ddechrau ar y gwaith. Cododd y sŵn ar y radio hefyd, yn y gobaith y byddai pawb yn rhoi llonydd iddo orffen y joban yma rhwng rŵan a phedwar o'r gloch.

Chwech o'r gloch oedd y wers garate. Wrth osod yr olwyn ar y stondin sythu olwynion gallai weld ei hun yn ei wers garate gyntaf erioed. Pete oedd enw'r hyfforddwr, ac roedd Sam wedi cymryd at Pete a'r grefft yn syth. Doedd dim angen dweud dim gair wrth wneud carate, dim ond dysgu'r symudiadau, eu meistroli, a mireinio'r meddwl. Roedd yn cymryd egni, a chanolbwyntio, a gadael i'w gorff a'i ymennydd gydweithio yn dawel.

Estynnodd am y twlsyn i dynhau a llacio'r sbôcs. Syniad ei fam oedd iddo fo ddechrau rhoi gwersi i blant y dref. Fyddai o erioed wedi meddwl am y ffasiwn beth ei hun, doedd o ddim yn gweld ei hun fel arweinydd nac athro naturiol. Ond wrth i Pete ddechrau sôn am ymddeol, ac iddo yntau dderbyn ei wregys du, cafodd ei fam y syniad a dyna ni wedyn, roedd hi fel ci ag asgwrn. Ond hi oedd yn iawn, fel arfer. Roedd o wrth ei fodd yn croesawu'r plant bach swil i mewn i'r Ganolfan, yn eu gweld nhw'n blodeuo ac yn cryfhau o wythnos i wythnos, a'u hwynebau'n disgleirio wrth iddo roi gair o glod bob hyn a hyn.

Arferai edrych ymlaen at bob nos Iau, ond rŵan doedd pethau ddim mor syml. Wrth wirio'r bwlch rhwng ymyl yr olwyn a'r stondin i weld oedd yr olwyn yn sythu, llifodd ei feddyliau yn ôl at yr haf hwnnw ddwy flynedd yn ôl. Roedd y cyfan yn teimlo mor bell erbyn hyn, fel bywyd rhywun arall, ac eto fel petai newydd ddigwydd.

Erbyn y pwynt yna roedd ei fam yn methu codi o gwbl. Yn ei gwely fyddai hi trwy'r dydd, a Sam a'i dad yn eistedd gyda hi bob yn ail ddydd a nos rhwng shifftiau gwaith a gwersi yn y Chweched, gydag ambell ffrind ac aelod o'r teulu yn dod ati o dro i dro. Doedd Sam ddim wedi sôn llawer wrth neb am salwch ei fam. Allai o ddim. Roedd ei ffrindiau agosaf yn gwybod, y rhai fyddai'n galw yn y tŷ, ond doedd o ddim wedi sôn wrth Leia, er eu bod yn dweud popeth arall wrth ei gilydd bryd hynny bron iawn. Hyd yn oed rŵan wyddai o ddim pam nad oedd o wedi dweud wrthi. Mae'n siŵr y byddai pethau wedi bod yn wahanol petai o wedi medru dod o hyd i'r geiriau.

Iddo fo roedd mymryn o obaith o hyd yr haf hwnnw. Na, doedden nhw ddim wedi gweld hanner gymaint ar ei gilydd, ac roedd pethau wedi bod yn chwithig ers y noson ar y traeth, ond gwyddai go iawn nad oedd unrhyw beth wedi newid am sut oedd o'n teimlo, am beth oedd rhyngddyn nhw. Ond wrth edrych yn ôl roedd yn amlwg nad oedd Leia yn teimlo'r un fath. Tra oedd o'n gwylio ei fam yn diflannu, roedd Leia wedi diflannu hefyd.

Ella nad oedd hynny'n deg. Doedden nhw erioed wedi dweud eu bod nhw efo'i gilydd, ddim yn iawn. 'Dim byd offisial', dyna oedd hi wedi ei ddweud.

Cofia'n union lle'r oedd o pan glywodd o gyntaf. Cerdded ar hyd y doc, yn mynd am dro i glirio'i ben ar ôl eistedd yn y stafell wely boeth trwy'r dydd yn gafael yn llaw fach oer ei fam. Mi basiodd Erin yn mynd â'i chi am dro, ac mi gerddodd efo fo, a hi ddywedodd,

"O'n i'm yn dallt bod petha drosodd yn llwyr rhyngddat ti a Leia, sti."

Trodd y geiriau o blu ei llais yn blwm, a suddo i waelod ei stumog.

"Hm?" oedd y cwbl allai ddweud.

"Clywad bo'i wedi bachu Huw 'nes i. Mewn parti yn tŷ Mogs dros wicénd. Ro'n i wedi synnu achos ro'n i'n meddwl bo' chi'ch dau, wel, beth bynnag sy'n mynd mlaen rhyngddach chi. Ond ma hynna drosodd rŵan felly, yndi? O'n i'n reit shocked 'fyd, ond sa'm byd rhwng Huw a fi ddim mwy, so 'dy ffwc ots gen i, ond dal… Ia, ddudodd Mogs bo' hi 'di deud bo' chdi a hi ddim byd offisial eniwe."

Dyna'r eiliad y newidiodd bob dim am byth, gydag un sgwrs fer ar noson boeth ym mis Awst. Roedd y byd yn dal i edrych yn union yr un fath, ond i Sam roedd popeth yn wahanol.

"Yndy, mae o drosodd," meddai Sam wrth Erin, gan gerdded yn gynt a theimlo rhywbeth yn caledu y tu mewn iddo.

*

Trodd yr olwyn drachefn a chlywed Elis yn chwerthin ac yn siarad fel pwll y môr efo rhywun wrth y giât. Estynnodd am y tension meter. Byddai gofyn iddo siapio i gael y beic yn barod erbyn pedwar, neu beryg mai ym mharc y dre fyddai'r cwsmer yn gwersylla heno.

Doedd o ddim wedi cysylltu efo Leia ar ôl clywed amdani hi a Huw. Allai o ddim meddwl sut na lle i ddechrau. Be oedd yna i'w ddweud? Haws dweud dim. Roedd hi wedi gwneud pethau'n ddigon clir. Hi gysylltodd gyntaf yn y diwedd, fisoedd wedyn, ar ôl iddi glywed amdano fo ac Erin. Duw a ŵyr pwy oedd wedi dweud wrthi. Mae'r negeseuon testun wedi ei serio ar ei gof.

Hi oeddat ti isio yr holl amser felly?

Roedd y cwestiwn wedi dod efo bîp annisgwyl gefn nos. Roedd wedi syllu a syllu arno cyn ateb, yn gweld ei hwyneb yn glir yn llygaid ei feddwl, ac yn teimlo ei gorff i gyd yn tynhau.

Chdi wnaeth orffen pethau, Leia. Nid fi.

Gorweddodd yno am hir yn gwylio'r tri smotyn yn mynd a dod a mynd a dod wrth i Leia feddwl am ei hateb.

Fi? A gorffen be yn union, Sam? Be oeddan ni?

Doedd o ddim yn deall y neges olaf. Roedd Leia wedi bachu Huw cyn iddo fo fynd efo Erin. Doedd dim byd o gwbl wedi digwydd rhyngddo fo ac Erin cyn hynny; doedd ganddo ddim diddordeb yn Erin. Leia oedd wedi bod efo Huw, a rhoi diwedd ar beth bynnag oedd rhyngddyn nhw. Beth oedd rhyngddyn nhw? Beth oedden nhw? Gallai Sam deimlo'r ateb yn ei gorff hyd yn oed rŵan, ddwy flynedd yn ddiweddarach, er gwaethaf popeth oedd wedi digwydd ers hynny.

"Sam? Ti'n fyddar, mêt? Dwi'n gweiddi ers pum munud! Dwi'n mynd rŵan – ti'n iawn i gloi?"

Trodd Sam a synnu wrth weld ei bod yn chwarter i bedwar, ond roedd o bron â gorffen y gwaith.

"Yndw, iawn, dim problem, 'na i gloi."

Gorffennodd y job a mynd i olchi'r olew oddi ar ei ddwylo orau medrai o, gan sgwrio a sgwrio i drio cael yr hen stwff styfnig allan o'r craciau.

Yn y diwedd doedd dim angen poeni. Roedd Kevin Moss yn y Ganolfan fel cysgod uwchben Leia yn arthio am hyn, llall ac arall, ac roedd Sam a hithau wedi llwyddo i osgoi llygaid ei gilydd drwy'r nos. Ond wrth gerdded adref, ar ôl rhoi pawen lawen i'w holl ddisgyblion a helpu Kevin i gadw'r matiau, allai Sam ddim stopio meddwl tybed be fyddai wedi digwydd petai Leia ac yntau wedi bod yno ar ben eu hunain ar ddiwedd y noson, yn cadw'r matiau a chloi holl gloeon y drws.

11

Cododd Sam ei sanau a chau ei garrai yn dynn eto; cwlwm dwbwl. Ail oedd o'r wythnos cynt, ac er na fyddai fyth yn cyfaddef wrth neb, roedd o eisiau ennill, roedd o eisiau dod yn gyntaf.

Roedd o'n gyntaf yn aml yn yr ysgol fach, wel, bob amser a dweud y gwir, ond doedd hynny ddim yr un fath. Ers dod i fan hyn roedd yna fwy o hogiau a hogiau mwy. Roedd yna fwy o gystadleuaeth, mwy o bob dim.

Rhoddodd ei ben i lawr a chanolbwyntio ar gau ei garrai yn iawn.

"Iawn, Sam? Barod i fi chwalu chdi heddiw, mêt?"

Roedd gwên fawr lydan ar wyneb Jac a gwyddai'r ddau mai'r rheswm fod hyn mor ddoniol oedd nad oedd gan Jac obaith caneri o guro Sam yn y ras traws gwlad. Gallai ei guro mewn gêm o ddarts neu gêm o pŵl unrhyw ddydd, ond pan ddôi at rywbeth corfforol, lle roedd gofyn symud, doedd Jac ddim yn y ras.

"Ha. Yndw, mêt, methu aros i weld chdi'n pasio fi!"

Yn sydyn daeth pêl o nunlle gan wibio fodfeddi heibio wyneb Jac.

"Dach chi wedi clywed do, bois?" gwaeddodd Huw John, gan ddatgan mai fo oedd yn gyfrifol am y tafliad.

"Ma'r genod yn rhedag 'run pryd â ni heddiw! Siriysli! Pob lwc yn consyntretio ar y ras 'de, lads, efo'r melons 'na i gyd yn jiglan heibio!"

Chwarddodd mwyafrif y bechgyn, wedi eu dallu'n llwyr gan hyder a hyfdra Huw. Trodd Jac at Sam a rowlio ei lygaid. A nhwythau yn y lleiafrif mewn dosbarth o ferched yn yr ysgol gynradd roedd y ddau wedi hen arfer yng nghwmni merched.

"Iawn ta," meddai Gwyn Gêms fel petai'n ailafael mewn brawddeg oedd ar ei hanner er nad oedd wedi gweld y bechgyn ers yr wythnos flaenorol. "Gobeithio bod pawb yn barod amdani wythnos yma. O ddifri rŵan. Dwi'm isio dim llaesu dwylo. Ma'r genod yn rhedag efo ni heddiw, so well i chi ddangos iddyn nhw faint o fois ydach chi!"

Rhannodd Jac a Sam edrychiad arall. Ar ôl blynyddoedd maith o glywed a gweld bod merched a bechgyn yn union yr un fath, gystal â'i gilydd, yn gyfoedion, yn gyfartal, roedd sbîl cyson yr athrawon yma yn eu diflasu'n llwyr, ac yn eu drysu, tasai'r naill neu'r llall yn fodlon cyfaddef hynny.

Ymhen pum munud roedd dosbarth 7T i gyd yn sefyll wrth y llinell gychwyn. Teimlai Sam ei galon yn curo fel drwm ond gallai hefyd deimlo ei hun yn rheoli'r profiad. Safai yn y safle cywir, yn aros am sŵn y chwiban. Ceisiodd weld y llwybr yn ei feddwl, pob cam, pob troad, pob twll cwningen. Wrth ei redeg yn ei ben yn gyntaf byddai ar y droed flaen.

Seiniodd y chwiban gan hollti'r aer ac i ffwrdd â nhw. Doedd o ddim yn bell a dweud y gwir, meddyliodd Sam wrth sicrhau ei fod yn y don flaen. Dim ond i lawr yr allt, trwy'r cae mawr, trwy'r cae hirsgwar, yna rownd y ddau gae eto cyn troi i fynd rownd y capel, yn ôl at y ffordd, dilyn y lôn ac i fyny eto i'r ysgol. Cwta ddwy filltir.

Gallai glywed rhai o'r bechgyn yn siarad o'i gwmpas ond doedd o ddim yn bwriadu gwastraffu amser yn siarad heddiw. Roedd o wedi diawlio ei hun am siarad efo Tomos am ganlyniad y pêl-droed yr wythnos dwytha wrth ddod rownd tro'r capel. Dyna oedd wedi rhoi cyfle i Huw lithro heibio iddo a hawlio'r lle cyntaf. Fyddai o ddim yn gwneud yr un camgymeriad ddwywaith.

Wrth iddo droi i mewn i'r cae mawr am yr eildro, yn hyderus ei fod ymhell o flaen unrhyw un o'r bechgyn eraill, clywodd Sam Leia yn galw arno. Trodd i chwilio am ei llais.

"Leia?"

"Dwi'n fama. Sam! Aw!"

Hanner ffordd ar hyd clawdd y cae mawr dyna lle'r oedd Leia yn eistedd ar ei phen-ôl, ei dwylo'n llithro mewn mwd gwlyb naill ochr iddi.

"Leia?" Rhedodd Sam tuag ati gan osgoi'r merched a'r bechgyn eraill oedd yn rhedeg ar hyd y llwybr rhyngddynt, ar eu lap gyntaf.

"Be ddiawl ti'n neud yn fan'na?!"

Gwthiodd Leia ei dwylo i'r llawr i drio gwthio ei hun i fyny ond wrth wneud hynny llithrodd un law nes ei bod ar ei hochr yng nghanol y mwd.

"O ffyc!"

Er bod Leia mewn sefyllfa anffodus a'i bochau'n cochi fesul eiliad gallai Sam weld ei bod hi'n agos at chwerthin, a gwyddai sut i'w chael dros y llinell denau honno.

"Lei, dwi'n gwbod bod gen ti ddim mynadd efo sports ond oes raid i chdi brotestio yn y mwd? Be ti'n neud, trio clymu dy hun i goedan ta be?"

Dechreuodd Leia chwerthin, a gwyliodd Sam hi. Gwyliodd y chwerthin yn cychwyn yn ei llygaid, yna'i bochau, cyn rowlio lawr at ei cheg. Cynigiodd ei law iddi, yn hanner ymwybodol o'r holl fechgyn oedd yn ei basio, ar eu hail lap trwy'r cae mawr erbyn hyn.

"O'n i'n desbret angen pi!" meddai Leia, ar ôl i Sam lwyddo i'w chodi trwy'r mwd ar ei thraed. Gafaelodd yn dynn, dynn yn ei breichiau i wneud yn siŵr na fyddai'n llithro eto. "Ond wedyn 'nes i sylwi bod 'na'm digon o gysgod yma eniwe, a 'nes i drio troi'n ôl yn sydyn a llithro. A dwi dal yn ffycin byrstio!"

Chwarddodd y ddau, Leia'n gwasgu ei choesau at ei gilydd yn ceisio atal y pi-pi rhag dianc.

"Sam, paid!"

Yn araf, helpodd Sam hi i ddod yn ôl at y llwybr, eu coesau bron â mynd oddi tanynt fwy nag unwaith. Yna gafaelodd yn ei llaw nes iddi gael gafael iawn ar y ddaear o dan ei thraed eto.

"Tyrd, well i ni symud neu fydd Gwyn Gêms lawr yma'n chwilio amdanan ni!"

Dechreuodd y ddau hanner rhedeg a hanner llithro ar draws y cae ond cyn pen dim roedd criw o ffrindiau Leia wedi dod atynt.

"O mai god, Lei! Ti'n fwd i gyd! Ti 'di bod yn reslo yn y mwd efo Sam ta be?!"

Cochodd Sam a Leia at eu clustiau, ond sylwodd neb ond y ddau.

"Sam! Be ffwc ti'n da 'ma? Dwi acshyli bron â ofyrlapio chdi!" gofynnodd Jac, ei orfoledd yn dawnsio ar ei wyneb.

Roedd hynny'n ddigon i ddeffro Sam i realiti'r sefyllfa.

"Sam! C'mon mêt!"

Trodd Sam i edrych ar Leia ond prin y gallai ei gweld bellach a hithau wedi ei hamgylchynu gan giwed o ferched, pob un yn rowlio chwerthin ac yn baglu dros ei gilydd i'w helpu. Y foment wedi pasio.

Rhedodd Sam a Jac yn eu blaenau, ac er y gallai Sam fod wedi rhedeg deirgwaith yn gynt na Jac, allai o ddim gadael ei ffrind rŵan ac yntau wedi aros am bum munud da i godi Leia o bwll o fwd yng nghanol cae.

Ar ôl cael eu gorfodi i sefyll yn lletchwith dan gawodydd llugoer brysiodd y bechgyn i newid yn ôl i'w dillad ysgol. Doedd Sam nunlle'n agos at y brig wedi'r cyfan, ac roedd hyd yn oed Gwyn Gêms wedi sylwi.

"Be ddigwyddodd i chdi, Sam? Ail wythnos dwytha ond mor

ara deg â Jac wythnos yma!" meddai, gan daflu winc gyfeillgar at Jac. "Be 'nest ti, boi, mynd ar goll?"

Roedd y bechgyn yn prysur sylweddoli bod mwy o herio a thynnu coes yn yr ysgol uwchradd hefyd, ac roedd gofyn cael ateb parod.

"Ym, llithro 'nes i, syr," meddai Sam, gan gymryd diddordeb mawr mewn sicrhau ei fod wedi sychu ei draed yn drylwyr mwyaf sydyn. Taflodd yr athro olwg amheus arno ond yna trodd ei olygon draw i ben arall y stafell newid lle'r oedd dau foi yn ceisio rhoi cweir i'w gilydd am i un alw enwau ar nain y llall.

"Llithro ti'n galw hynna, ia, mêt?" gofynnodd Jac, wrth eistedd drws nesaf i Sam i dynnu ei sanau a'i esgidiau am ei draed. "Stopio i dynnu love of your life allan o'r mwd faswn i'n galw fo fy hun, 'de."

Roedd cwlwm wedi bod rhwng Sam a Leia cyhyd ag y gallai Jac gofio, ond am ryw reswm roedd y ddau yn gyndyn o gydnabod y peth, heb sôn am wneud unrhyw beth. A dweud y gwir, mi fyddai Jac yn eitha licio tasa Sam yn cael cariad, er mwyn iddo gael ei holi wedyn, a dod i ddeall mwy am y busnes merched 'ma.

"Tyrd, neu fyddan ni'n hwyr i Cemeg," oedd yr unig ateb oedd Sam am ei gynnig, er mawr siom i Jac, a thaflodd y ddau eu bagiau ysgol dros eu hysgwyddau cyn cerdded allan a draw at y bloc gwyddoniaeth ar gyfer awr o ddysgu am y tabl cofnodol.

12

"Sam! Ma Jac yma!"

Edrychodd Sam yn y drych eto. Doedd o ddim yn gobeithio plesio neb, felly doedd o ddim yn siŵr pam ei fod yn poeni am ei edrychiad. Tynnodd ei fysedd trwy ei wallt mewn ymgais i wneud iddo edrych yn lled gall; roedd o angen hercan. Rhedodd ei ddwylo dros ei grys-t crychiog a chlywed llais ei fam yn dweud 'tynna hwnna i mi gael rhoi hetar arno fo' mor glir â tasa hi yn y stafell.

"Sam!"

"Iawn, dwi'n dod rŵan, dal dy ddŵr!" gwaeddodd Sam yn ôl i lawr y grisiau, cyn cael un cip arall yn y drych. Fasa modd dweud sut oedd o'n teimlo wrth edrych arno? Go brin. Roedd y jîns yn weddol lân, a'i gysgod o farf yn daclus wedi ei dorri uwch y sinc gynna. Roedd o'n edrych fel rhywun oedd eisiau mynd i'r pyb efo'i ffrind.

Gafaelodd yn ei waled a'i ffôn a'u stwffio i'w bocedi cyn cychwyn i lawr. Sylwodd ar y tameidiau bach du a brown oedd wedi dechrau suddo mewn i garped y grisiau. Doedd yna neb i'w hatgoffa nhw i dynnu eu sgidiau cyn mynd i fyny rŵan.

Swingiodd Sam ei ben rownd i'r stafell ffrynt lle'r oedd ei dad a Jac yn aros amdano.

"Tisio dod am beint efo ni, Dad?" holodd Sam, cyn i Jac gael cyfle i dynnu wyneb arno. Roedd y newyddion ymlaen yn y cefndir a'i dad yn darllen papur yn ei hoff gadair ond doedd dim sôn am swper. Allai Sam ddim dioddef meddwl am ei dad yn eistedd adref ar ei ben ei hun ar nos Sadwrn.

"Na dwi'n iawn, mêt. Mae Dic am ddod draw toc efo dipyn o gans a 'dan ni am watsiad y darts. Ewch 'ŵan, a bihafiwch. Peidiwch ag yfed dre yn sych, na 'newch!"

Tynnodd Sam y drws ar ei ôl, a theimlo'r rhyddhad cyfarwydd wrth gamu allan. Roedd o'n iawn yn ei waith ond roedd bob dim yn teimlo'n nes ato yn y tŷ; y briw yn fwy amrwd. Nid y lluniau hapus mewn fframiau oedd yn gyfrifol chwaith, mi allai edrych ar y rheiny a gwenu weithiau hyd yn oed. Na, y teimlad ohoni hi oedd yn dal yno rywsut, fel y gwres sy'n aros ar ôl coflaid.

"Iawn, mêt? Gwaith yn iawn? Lle awn ni, y Lion?"

Tynnodd Jac ei ffrind o'i lesmair. "Dwi 'di clywed bod 'na lond bws o genod o Gaer yn dod 'ma heno, ar hèn dw! Priodi cefndar Bob Clwb Hwylio glywish i. Ti'n meddwl ddon' nhw i'r Lion?"

Gwenodd Sam ar ei ffrind. Merched oedd ar feddwl Jac o fore gwyn tan nos, dim bod hynny'n helpu dim ar y creadur i gael cariad chwaith.

"Pam ddiawl fasan nhw'n dod i dre ar hèn dw? Mynd o fama i Gaer ar hèn dw mae genod fel arfer, ia ddim?"

"Dwi'm yn cwyno, mêt," oedd ateb parod Jac. "Ella fydd genna i fwy o jans efo rhein na genod rownd ffor' hyn, beth bynnag. Ma Kate 'di stopio tecstio fi rŵan, sti. Yn llwyr. Jyst fel'na. Oedd hi'n tecstio fi dipyn, sti, a wedyn dim."

Jac druan. Roedd o'n gwneud ei orau glas ond roedd Sam yn amau efallai bod ei agwedd orawyddus yn gwneud mwy o ddrwg nag o les.

"Ghosting ma nhw'n galw fo. Oedda chdi'n gwbod hynna? Pan ma rywun jyst yn stopio cysylltu efo chdi'n llwyr fel'na. Ond dio'm rili yn gweithio yn rwla fel Llan, nadi? 'Nes i gweld hi'n ciwio yn Subway amser cinio, felly yn amlwg 'dy ddim yn ghost, nadi? Ond dyna mae 'di neud i fi. Gôstio fi. Bitsh. Dwi'm yn gwbod pam chwaith. Dwi bach yn gytud, sti, ro'n i wir yn licio hi. Ond paid â deud, obviously."

Meddyliodd Sam cyn ateb. Fyddai chydig o'r gwir yn llesol ella?

"Ei chollad hi, mêt. Ond tro nesa ella sa well peidio cysylltu gormod, sti. Dal 'nôl chydig ella."

"O ia, dyna sut ti'n cael yr holl genod 'ma i ddisgyn

mewn cariad efo chdi ia, Sam? Peidio tecstio nhw'n ôl?!"

"O ffoc off, paid â malu," meddai Sam, yn colli amynedd efo'r sgwrs mwya sydyn.

"Ond go iawn rŵan," meddai Jac, gan fanteisio ar y cyfle i holi ei ffrind oedd i'w weld yn hudo merched heb drio. "Mae Erin Parry mor, wel, ti'n gwbod. Sut 'nest ti fachu hi? Mae pawb yn gwbod bod Leia yn obsessed efo chdi ers ysgol bach a dydy hi fawr o catch erbyn hyn nadi, ar ôl be ddigwyddodd, ond ma Erin Parry yn something else! Sut 'nest ti hynna? Be ddudust ti wrthi? Fydd hi adra dros Dolig ti'n meddwl?"

Roedd pen Sam yn troi o gael fersiwn mor ddu a gwyn o'i fywyd wedi ei gosod yn blwmp o'i flaen.

"Os ydy dy decsts di unrhyw beth fel dy sgwrs di alla i weld pam bod Kate wedi gôstio chdi. Ty'd, neu fydd 'na'm cwrw ar ôl." A gan adael ei ffrind bore oes yn llyfu ei glwyfau, gan fod hynny'n haws na cheisio ateb ei gwestiynau, diflannodd Sam i ganol torf chwil y Lion.

Yn ôl yr arfer roedd criw o ferched yn udo canu 'Man, I feel like a woman' dros y dafarn, a phawb arall yn bloeddio siarad mewn ymgais i gynnal sgwrs dros y sŵn.

Archebodd Sam beint o lager iddo fo a Jac, cyn gwthio ei ffordd trwy'r dorf i eistedd efo'r criw. Roedd o wedi sylwi bod Leia yno yn syth ar ôl cerdded i mewn. Dim ots lle'r oedd o, dim ots pa mor brysur oedd hi, roedd wedi teimlo erioed fel bod edau rhwng y ddau, ac os oedd hi'n agos roedd yr edau yn tynnu.

Efo Gwyn a Chris oedd hi. Dim ond cip sydyn roedd o wedi daflu i'w cyfeiriad nhw. Doedd o ddim eisiau iddi ei weld o'n edrych. Allai o ddim deall pam ei bod hi'n ffrindiau efo'r ddau yna, ond pwy oedd o i feirniadu neb? O leia roedd ganddi ffrindiau. Prin fod ganddo unrhyw beth i'w ddweud wrth ei ffrindiau ei hun y dyddiau yma. Ddim bod bai arnyn nhw.

"Diolch, mêt!" meddai Jac, wrth gymryd y peint o law ei ffrind a bachu stôl i'r ddau.

Wrth i'r cwrw iro eu gyddfau a thynnu llenni dros unrhyw swildod oedd yn llechu dan yr wyneb dechreuodd bob un sgwrsio a chwerthin, gan herio a thynnu coes bob yn ail frawddeg.

"Ww, watsia honna, mêt. Ti'm isio hi'n cyffwrdd chdi efo'i dwylo blewog!"

Daeth y frawddeg o geg un o'r dynion mor sydyn nes iddi gymryd eiliad neu ddwy i Sam weithio allan beth yn union oedd wedi cael ei ddweud. Ond gwelodd mewn amrantiad effaith y geiriau wrth sylweddoli mai cyfeirio at Leia oedd o, a hithau wedi cyffwrdd cefn cadair un ohonynt ar ei ffordd i'r bar.

Gwelodd y boen ar ei hwyneb wrth iddi glywed y geiriau a throi i chwilio am lygaid Sam. Yng nghanol rhuo'r dafarn rhewodd y byd am eiliad, ac er bod bob rhan o'i gorff eisiau codi a rhoi ei freichiau am Leia, a cherdded allan o'r diawl lle yn cydio yn ei llaw, arhosodd Sam yn ei unfan, yn fud.

Anghofiodd Leia am y rownd roedd hi i fod i'w phrynu a brasgamodd drwy ganol y dorf chwyslyd tua phen pella'r stafell ac i'r tai bach. Diolch byth, doedd dim ciw ac aeth i mewn i un o'r toiledau a chloi'r drws, cyn eistedd ar y pan a dechrau crio. Anghofiodd am y masgara a'r mwgwd tyn roedd hi'n ei osod bob bore a gadawodd i'r dagrau lifo.

Nid dyna oedd sylw cyntaf y noson. Roedd hi wedi clywed mwy nag un sarhad amdani dan wynt a rhwng brawddegau, ac ambell edrychiad oedd yn dweud y cwbl. Mwy wrth i'r jin a'r gwin lacio tafodau ac aeliau. Ac er iddi wneud ei gorau i'w hanwybyddu a chymryd arni nad oedd wedi clywed, roedd y cwbl wedi mudlosgi ers oriau.

Sut allai Sam eistedd yna a dweud dim byd? Fel petai o ddim yn ei hadnabod hi, yr hi go iawn? Fel petai o ddim wedi edrych i fyw ei llygaid ganwaith, a gwrando ar guriad ei chalon. Tynnodd ei dwylo trwy ei gwallt a theimlo'i phen yn curo, ond yna sylwodd fod rhywun yn curo ar y drws hefyd. Anwybyddodd y sŵn; doedd neb roedd hi eisiau ei weld.

"Leia, chdi sy 'na? Agor y drws, cyw."

Doedd Leia ddim yn adnabod y llais o gwbl, ac felly chwilfrydedd, yn fwy na dim, wnaeth iddi lithro'r clo. Cyn iddi fedru dweud dim roedd perchennog y llais wedi sleifio i mewn ati i'r toilet ac wedi cau'r drws ar ei hôl.

"Ti'n iawn, blodyn? Weles i chdi'n dod yma ar ôl i'r boi 'na weiddi rhywbeth arnat ti. Blydi dic-ed. Bob blydi dyn ar y ddaear. Beth bynnag ddudodd o, 'dio ddim yn wir."

Edrychodd Leia ar y ddynes o'i blaen gan fethu'n glir â chofio sut roedd hi'n ei hadnabod. Sylwodd hithau ar yr olwg wag ar ei hwyneb.

"Sarah – Sarah Lloyd. O'r gwersi arlunio, yn y Ganolfan?"

"Ooo, ti'n..." sychodd Leia ei dagrau a'r slefren wlyb dan ei thrwyn heb unrhyw urddas. "Ti'n edrych yn wahanol."

"O, dwi'n gwbod," meddai Sarah, wrth wneud ei hun yn gyfforddus ar lawr y tŷ bach a dechrau tyrchu yng ngwaelod ei bag. "Dwi jyst yn gwisgo'r stwff arty 'na ar gyfer y gwersi celf, sti. Pobol yn fodlon talu mwy os ti'n edrych fel y real deal. Paid â deud wrth neb!"

Syllodd Leia arni cyn dweud: "Mae o. Mae o'n wir."

"Be sy'n wir, cyw?"

"Be ddudodd y boi 'na amdana fi," atebodd Leia, gan deimlo'r dagrau yn bygwth eto. Tynnodd ei llewys yn is dros ei dwylo a stwffio'r cledrau caled yn erbyn ei llygaid.

"Dwi'n ffyc-yp llwyr. Ti'n gwybod be 'nes i, ma siŵr, wyt? Mae pawb yn y lle 'ma'n gwbod. Mae 'mywyd i'n llanast. Dwi jyst, dwi'm yn gwbod be i neud."

Estynnodd Sarah ddrych bach, paced o weips, ac

ychydig o golur o'i bag, a dechrau glanhau wyneb Leia heb ofyn os oedd hynny'n iawn.

"Wel, ella bo chdi'n ffycd-yp rŵan, ond fyddi di ddim am byth, sti." Tynnodd y weips yn dyner ar hyd y croen dan ei llygaid.

"Mae'n rhaid i dre fach fel hon gael ffyc-yps, sti. Am be fasa pawb yn siarad fel arall?"

Rhoddodd Leia wên fach dila a gadael i'r ddynas ddiarth o'i blaen lanhau ei hwyneb. Roedd yn braf gadael i rywun edrych ar ei hôl, hyd yn oed os oedd hynny yn digwydd ar lawr toilet budur ar nos Sadwrn. Doedd neb wedi ei chyffwrdd mor ofalgar ers talwm.

"Ro'n i'n ffycd-yp. Ges i fabi pan o'n i'n un deg saith. Pawb yn siarad amdana fi. Pawb yn deud wrtha fi am gael gwarad ar y babi, yn deud bo' fi am sboilio fy mywyd, na faswn i'n medru rhoi bywyd da i'r babi eniwe."

Gwrandawodd Leia wrth i Sarah ddechrau peintio haen denau o hylif yr un lliw â'i chroen dros ei hwyneb i guddio'r coch ffyrnig oedd yn frith dros ei bochau ar ôl crio.

"Be 'nest ti?" gofynnodd.

"Y peth iawn, 'de," atebodd Sarah fel mellten. "Edrych ar ôl y babi bach 'na oedd tu mewn i fi am naw mis ac edrych ar ei ôl o bob diwrnod ers hynny. Nath ei dad o ddim aros o gwmpas, ac oedd hynna ddim yn syrpréis i neb, a coelia fi, roedd pobol yn siarad. Ac oedd ots gen i ar y pryd. Ond rŵan? Does 'na neb yn cofio, ac ma genna i fab anhygoel sy'n neud fi'n falch bob dydd. Wel, mae o'n cocky little shit sy'n gyrru fi'n bananas hefyd, cofia, ond mae o werth y byd."

Wrth i Sarah rannu ei hanes llifodd mymryn o wirionedd rhwng gwefusau Leia cyn iddi fedru ei ddal yn ôl.

"Mae'n chwiorydd i mor berffaith. Mae Glesni efo ryw job anhygoel a'r cariad ameising 'ma a maen nhw'n mynd i briodi rŵan a dwi jyst yn gwbod fydd y briodas yn hollol berffaith a'r unig beth fydd o'i le ar y diwrnod ydy fi."

Rhoddodd Sarah ei bys o dan ên Leia a chodi ei hwyneb nes ei bod yn edrych i fyw ei llygaid.

"Ella, ella wir. Ond mewn deg mlynedd ella fydd gan dy chwaer dri o blant bach powld, ac yn mynd trwy divorce blêr, ac yn yfed gormod. Swings and roundabouts, kid. Tyrd rŵan. Chydig o fasgara a fyddi di rêl boi."

Ymhen dim o dro roedd Leia wedi cerdded allan o'r tŷ bach a'i phen yn uchel, ac wedi dychwelyd i'r bar i brynu'r rownd ac yna eistedd wrth y bwrdd i yfed ei diod cyn troi am adref. Gwrthododd yn llwyr ag edrych i gyfeiriad Sam yr un waith, er iddi deimlo ei lygaid tywyll arni droeon.

13

Wrth gwrs, roedd ganddo arwydd ar ei ddrws. Arwydd pres, hirsgwar. 'Kevin Moss. Uwch Swyddog Gwasanaeth Prawf'. Rowliodd Leia ei llygaid cyn rhoi cnoc dila.

"Dewch i mewn!" meddai llais awdurdodol, a rhoddodd Leia hwth i'r drws cyn llusgo ei hun dros y rhiniog.

"Iawn, Kev?" Roedd cadair gyferbyn â'r ddesg a gollyngodd Leia ei hun iddi cyn i'r dyn gael cyfle i'w hateb, ond nid cyn taro golwg o gwmpas y stafell. Yn union fel y disgwyl, roedd yr arwydd ar y drws yn grandiach na'r stafell ei hun. Un cwpwrdd ffeilio, un bwrdd nodiadau ar y wal, un ddesg, un gadair, ac un pric hunanbwysig yn eistedd arni.

Sythodd Kevin fel mirgath wrth i Leia lithro'n is yn y gadair.

"Nefoedd yr adar, eistedd yn iawn, wnei di, hogan? Ti fel sach o datws."

Edrychodd Leia arno. Roedd ei wyneb gor-euraidd yn dynn, a'i lygaid yn fach. Edrychai fel rhywun oedd heb gael rhyw ers amser maith. Nac unrhyw beth arall pleserus chwaith o ran hynny.

"Tydy o ddim yn illegal i eistedd fel hyn, nadi? 'Ta wyt ti wir am ddeud wrtha i sut dwi fod i eistedd rŵan? Tisio deud wrtha i sut i anadlu hefyd?"

Doedd Leia ddim wedi llwyddo i lusgo ei hun o'i hwyliau drwg ers y noson yn y dafarn, felly syllodd yn ôl ar Kevin; dau geiliog yn barod am dalwrn. Ond trwy lwc daeth cnoc arall ar y drws.

"Dewch i mewn!" gwaeddodd Kevin i gyfeiriad wyneb Leia. Agorodd y drws a daeth merch ifanc mewn siwt smart i sefyll yno, yn gafael mewn cacen siocled enfawr.

"Haia! Sori tarfu," meddai, mewn llais siwgr candi, ei llygaid yn pefrio ar Kevin ac yn troi am ddim ond am hanner eiliad i weld pa un o wehilion y gymdeithas oedd yn eistedd gyferbyn ag o heddiw. "Ma Philippa yn cael ei phen-blwydd a mae 'na gacen dros ben. Meddwl ella fasach chi'n licio tamaid, Kevin? Sori, do'n i ddim yn sylwi bod yna rywun yma efo chi."

Edrychodd Leia ar y ferch â chymysgedd o ddirmyg a phiti. Sut ar wyneb y ddaear allai'r ferch ifanc yma ffansïo clown canol oed fel Kevin?!

"O rargian, wel, dwi'n trio peidio, sti, ond mae hi yn edrych yn neis." Gwenodd Kevin arni, bellach wedi troi ei holl sylw at y ferch a'r gacen.

"O, go on," meddai ceidwad y gacen gyda gwên. "Trîtiwch eich hun 'de! Pam na gymrwch chi sleisan?"

Bu bron i Leia chwydu yn y fan a'r lle wrth weld Kevin yn codi ac yn siglo ei fys uwch y gacen wrth geisio dewis ei damaid, a'r ferch yn rhoi gwên yr un mor gyfoglyd iddo.

"Ww iawn, ti wedi troi 'mraich i, Kath! Gyma i'r tamaid yma os ga i! Diolch, blodyn. Fydd rhaid i mi fynd am jog arall heno, beryg!"

Gafaelodd mewn slabyn enfawr o gacen siocled a gwneud sioe fawr o geisio dod â hi yn ôl at y ddesg heb ollwng briwsion ym mhob mân. Trodd y ferch i edrych ar Leia a'r cwbl ddaeth o'i cheg oedd "ymm" ond chafodd hi ddim cyfle i ddweud rhagor.

"Na," meddai Kevin, wrth ddal ei law o flaen ei geg i atal briwsion siocled rhag hedfan dros y stafell. "Dim tamed iddi hi. Diolch, blodyn."

Ac ar hynny diflannodd 'blodyn' gan hanner bagio, hanner moesymgrymu allan o'r stafell.

Eisteddodd Leia yno yn syllu ar y dyn o'i blaen oedd yn gwneud sioe a hanner o fwyta'r sbwng siocledaidd a llyfu ei fysedd, gan feddwl pa fwled fyddai'n saethu ato nesaf. Ond daeth atgof i gymylu ei thempar, atgof ohoni hi a Sam yn eistedd ar y doc, flynyddoedd yn ôl, yn rhannu tamaid o gacen siocled.

*

"Mam nath hi. Ma hi'n gwneud llwyth o gacennau a wedyn yn trio'i gorau i beidio'u bwyta nhw," meddai Sam, gan osod ei hun i eistedd ar wal y doc, ei goesau yn hongian dros ochr y wal uwch y dŵr. Diwedd Mai, dim ond ambell arholiad o'u blaenau ac yna'r haf yn ymestyn at y gorwel. Taenodd yr haul ei fitaminau yn obeithiol dros blorod y ddau.

"Mae oedolion mor weird," meddai Leia, wrth barcio ei hun drws nesaf iddo a thorri tamaid bach iddi hi ei hun a'i osod ar ganol ei thafod gan aros i'r blas melys lenwi pob cornel o'i cheg.

"Pan dwi'n hŷn dwi ddim isio bod yn styc yn tŷ yn gwneud cacennau ac yn trio peidio'u bwyta nhw," meddai. "No offence i dy fam, sori, ddim dyna o'n i'n feddwl."

Chwarddodd Sam yn ysgafn wrth weld Leia yn ceisio cael ei hun allan o'r twll roedd hi newydd ei balu. Anaml oedd Leia Davies yn edrych yn ansicr ohoni hi'i hun.

"Na, dwi'n gwbod be ti'n feddwl. Ti'm yn meddwl bod bywydau'n rhieni ni mor, wel mor fach weithiau? Jyst byw yn y dre 'ma, yn gwneud yr un pethau bob dydd a bob wythnos. Alla i ddim dychmygu bodloni ar jyst hynna." Dim ond un tamaid bach o'r gacen ar ôl rhyngddynt bellach, a dwylo'r ddau yn gorffwys naill ochr i'r tamaid, fodfedd ar wahân.

Syllodd Leia ar olau'r prynhawn yn dawnsio ar y dŵr ac ysgwyd ei phen i gytuno.

"Yn union. Dwi methu aros i fynd o 'ma. Dwi jyst isio gweld y byd. Gwneud petha. Profi petha. Cyfarfod pobol newydd."

Bu'r ddau yn dawel am funud wrth syllu ar y cwch hwylio oedd yn pasio heibio i'r doc, eu breuddwydion o ddianc yn llenwi'r hwyliau.

"Dwi'n gwbod yn union be ti'n feddwl," meddai Sam, cyn ychwanegu yn sydyn wrth hanner chwerthin a chyn rhoi cyfle iddo'i hun newid ei feddwl, "Ga i ddod efo chdi pan ti'n mynd?"

Daliodd llygaid Leia i ddilyn y cwch, ei chorff yn drydan a'i chalon yn curo'n galed. Oedd o'n ei feddwl o, neu dim ond dweud rhywbeth er mwyn dweud rhywbeth oedd hynna?

"Cei, os 'nei di bacio digon o gacen siocled," atebodd gyda gwên, a rhoi gweddill y gacen yn ei cheg yn sydyn er mwyn troi'r cwbl yn jôc.

"Oi!" meddai Sam, hefyd yn falch o'r rhyddhad, rhag ofn mai dim ond fo oedd yn teimlo'r trydan. "Charming!"

*

"Leia! Leia!"

Deffrodd Leia o'i llesmair gyda siom wrth gofio ble'r oedd hi.

"Ia, helô, Kevin, sut alla i helpu?"

"Nefi grasusau, mae isio mynedd efo chdi, hogan," meddai, wrth godi ar ei draed a cherdded at ei unig gwpwrdd ffeilio. Estynnodd am oriad allan o'r tri deg oedd yn sownd wrth ei felt ac agor y cwpwrdd, tynnu ffeil Leia allan, a chau'r cwpwrdd yn swnllyd gyda'i glun cyn dychwelyd at y ddesg.

"Reit, ddechreuwn ni eto, ia? Fel ti'n gwbod mae'n rhaid i ni wneud asesiad misol i weld sut wyt ti'n ymdopi â'r gwaith ac os oes unrhyw gamau eraill fedrwn ni eu cymryd er mwyn dy helpu di i ailasio gyda'r gymuned."

Ailasio? Pryd oedd hi fod wedi asio yn y lle cyntaf?

"Mae'n mynd yn fine, sa'm byd arall angen ei neud. Ga i fynd rŵan?"

Agorodd Kevin y ffeil ac anwybyddu Leia.

"Iawn. Wel. Mae'r gŵyn swyddogol gan Eleri Edwards, yn anffodus. Rwyt ti'n gwbod dy fod ti ar dy rybudd olaf ers hynna. Ond yn lwcus i ti does yna neb o'r grwpiau eraill wedi gwneud cwyn swyddogol eto, felly ar y cyfan ti'n dal dy ben uwchben y dŵr. Er, yn amlwg, mae gofyn i ti ailedrych ar dy agwedd."

Edrychodd Leia ar y bwrdd er mwyn osgoi gorfod edrych ar Kevin yn llyfu ei fysedd cyn troi'r dudalen nesaf.

"Iep. Iawn. Noted. Ga i fynd rŵan?"

"Na chei. Aros lle'r wyt ti. Mae yna un peth arall dwi angen drafod efo chdi."

Cododd Leia ei phen i edrych arno. Doedd hyn ddim yn swnio'n addawol.

"Gyda pobol fel chdi," meddai, gan boeni'r gair 'chdi' fel petai'n wenwyn, "mae yna gyfle i gyfarfod y person rwyt ti wedi drwgweithredu yn ei erbyn. Sef Mrs Mary Jones, Preswylfa yn yr achos yma."

Edrychodd Leia arno heb ddweud gair.

"Mynd i'w chyfarfod hi, Leia. Ymddiheuro am be 'nest ti. Wyneb yn wyneb."

Ymddiheuro wrth yr hen ddynes?

"Does dim angen edrych arna i fel bod gen i ddau ben, Leia," meddai Kevin, ychydig yn fwy amyneddgar y tro hwn. "Mi wn i fod o'n syniad brawychus. Mae llawer un yn gweld hyn yn anodd, ond mi all fod yn help. Er mwyn helpu'r ddwy ohonoch chi symud ymlaen? Closure. Mendio'r briw."

Ceisiodd Leia ddychmygu'r sefyllfa. Gwelai ei hun yn eistedd ar gadair yn edrych i fyw hen, hen lygaid. Pa eiriau fyddai'n gwneud yn iawn am roi gymaint o fraw i hen ddynes gefn nos? Am fachu ei phwrs lledr llydan hi, ei wagio ac yna ei daflu i ganol drain y tu ôl i Home Bargains? Beth allai hi ei ddweud i gyfiawnhau hynny?

Roedd Kevin yn amlwg yn disgwyl am ateb, ac roedd Leia yn amlwg yn amharod i ddweud unrhyw beth, ac am unwaith wnaeth y swyddog prawf ddim dal ati.

“Jyst meddwl am y peth, ’nei di? Does dim rhaid i ti ateb heddiw. A gair bach o gyngor, Leia...”

Ochneidiodd Leia yn fewnol wrth geisio dyfalu beth fyddai’r cyngor, sut i gael ffug-liw haul gwaetha’r blaned neu sut i fflyrtian efo merched ugain mlynedd yn iau na hi.

“Mae yna bobol o dy gwmpas di sydd isio dy helpu di. Dim ond i ti agor dy lygaid, Leia. A ti’n gwbod be ydy’r gyfrinach, yn dwyt?”

Teimlodd Leia ei choesau yn chwysu yn erbyn y gadair galed, ac roedd y cloc yn tician yn rhy swnllyd.

“Gadael iddyn nhw helpu.”

14

"Panad?"

Daeth y cwestiwn i gyfeiliant sŵn y tegell yn berwi, fel bob bore. Doedd rhai pethau ddim yn newid, waeth pwy oedd wedi marw.

"Ia plis, Dad. Diolch."

Eisteddodd Sam wrth fwrdd y gegin a thaenu haen drwchus o fenyn ac yna haen drwchus o Nutella dros y tost roedd ei dad wedi'i wneud iddo'n barod. Wrth frathu mewn i'r sgwaryn melys ystyriodd faint o ddynion ei oed o oedd yn bwyta tost a Nutella, a'u tad wedi gwneud y tost iddyn nhw. Doedd ganddo ddim calon i ddweud wrth ei dad ei fod yn ddigon hen i wneud ei dost ei hun bellach ac yn rhy hen i fwyta Nutella.

"Be sy ar y cardia heddiw 'ta, lad?" Eisteddodd Meical gyferbyn â'i fab ac edrych arno'n eiddgar a gosod dwy baned boeth o'u blaenau.

"O, 'run fath ag arfer, sti," atebodd Sam yn bwyllog gan ddefnyddio ei fawd i arallgyfeirio slefren o'r past siocled oedd wedi cyrraedd ei foch. "Few repairs, danfon ryw feic at rywun yn Llannerch dwi'n meddwl, a mae'n siŵr y bydd gan rywun yn dre 'ma byncjar ma nhw'n methu'i drwsio."

Yfodd y te berwedig ac edrych ar ei dad. Fyddai neb yn medru dyfalu wrth edrych arno. Doedd ei wallt, ei wyneb na'i gorff yn dangos dim cliw eu bod yn rhannau o rywun oedd yn galaru, ond gwyddai Sam mai dyna'r peth oedd yn dal pob un o'i gyhyrau gyda'i gilydd y dyddiau hyn.

"Diwrnod digon prysur i chdi, felly. Ac i finna hefyd, sti. Jason wedi gofyn i fi neud double shift. Fedra i'm gwrthod y pres, sti. A duw, neith change, yn gwneith? Waeth mi hynny na eistedd ar fy nhin yn fa'ma trwy'r dydd."

Bwytodd ei dad ei Weetabix beunyddiol ac yfed ei de. Roedd o'n mynd trwy'r mosiwns, un ar y tro. Weetabix yn y bowlen. Llefrith am ei ben o. Estyn llwy. Eistedd. Bwyta. Ond heb Miriam, doedd dim o hyn yn gwneud llawer o synnwyr. Ond yn lle gadael iddo'i hun suddo ymhellach i'r teimlad yna, cadwai Meical ei hun yn brysur. Roedd wedi dod yn giamstar ar lenwi, llenwi, llenwi pob munud, nes bod dim llawer o amser na lle ar ôl i'r hen deimlad yna sleifio i mewn.

"Dad," mentrodd Sam, heb fod yn siŵr os gallai ddod â'r geiriau allan o'i ben ac i'r byd. "Dwi wedi bod yn meddwl."

Oedodd i weld beth fyddai'r ymateb. Dim byd. Llwyaid arall o Weetabix.

"Ma jyst i flwyddyn wedi pasio rŵan. Blwyddyn ers… Wyt ti'n meddwl ella…"

Cododd Meical ar ei draed a rhawio gweddill y brecwast i lawr ei gorn gwddw cyn gollwng y bowlen yn y sinc yn swnllyd.

"Nefi, newydd sylwi faint o'r gloch ydy, mêt. Rhaid mi throi hi. Siaradwn ni fory, ia?" Ac allan â fo trwy'r drws, gan adael Sam ar ei ben ei hun gyda neb ond diwedd ei frawddeg i gadw cwmpeini iddo.

"… ei bod hi'n amser i ni sortio petha Mam?" meddai Sam wrth y gegin.

Roedd ei thrugareddau o gwmpas y tŷ o hyd. Ambell siwmper ar gefn cadair. Ei sent, a'i cholur yn y tŷ bach. Ei brws dannedd yn y potyn gwyrdd wrth y sinc hyd yn oed. Synnwyr cyffredin oedd clirio rhai o'r pethau yma rŵan, fisoedd ers iddi fynd. Fyddai hi ddim angen brws dannedd eto, roedd hynny'n saff.

Rhoddodd chwerthiniad bach wrth feddwl hynny, ac yna tynnu ei wynt ato yn sydyn wrth deimlo'r boen yn ei frest. Estynnodd ar draws y bwrdd am y jar Nutella a rhoi ei fys ynddo i geisio boddi'r teimlad. Downciodd ei fys reit i mewn. Beth oedd ots? Doedd neb yno i'w weld. Byddai ei fam wedi dweud y drefn.

Fyddai Leia yn meddwl bod hynna'n afiach? Neu'n chwerthin? Chwerthin, roedd Sam yn reit siŵr. Cofiodd yr eiliad honno am yr unig dro erioed iddi ddod yno, rhyw gyda'r nos oedd hi, y ddau newydd ddechrau yn y Chweched.

Roedden nhw'n agos bryd hynny, yn cyfarfod ar y cwrt pêl-fasged rhwng gwersi, yn tecstio bob dydd, yn cerdded milltiroedd gyda'i gilydd o gwmpas y dref ac ar hyd yr un rhan o lwybr yr arfordir, ond y ddau'n ofni cymryd y cam nesaf, ofn difetha'r peth perffaith, anweledig oedd rhyngddynt.

*

"O helô, Leia ia? Dwi'n dy nabod di ran dy weld ond dwi'm yn siŵr ydan ni wedi cyfarfod yn iawn o'r blaen?"

Roedd Sam wedi disgwyl i'r tŷ fod yn wag ond roedd ei fam wedi gorffen ei gwaith yn gynnar digwydd bod. Typical.

Safai yno yn gwenu wrth droed y grisiau, yn sychu ei dwylo ar ei ffedog. Doedd dim modd pasio heb ei hateb.

"O, hei Mam, ia Leia. Leia, Mam, Mam, Leia."

Tynnodd Sam ei ddwylo trwy ei wallt a rhwbio ei war. Ond safai Leia yn syth a gwenu'n ddel.

"Helô! Neis eich cyfarfod chi." Ac roedd hi'n wir yn edrych yn falch o'i chyfarfod hi hefyd. Roedd pawb yn sefyll lot rhy agos at ei gilydd yn nhyb Sam.

"'Dan ni, 'dan ni jyst yn mynd i stydio am dipyn, iawn?" A gyda hynny o esboniad roedd Sam wedi gafael yn llawes

Leia a hanner ei thynnu heibio ei fam ac ar ei ôl i fyny'r grisiau cul, a hithau yn codi llaw yn chwithig ar Miriam wrth frasgamu i'w ddilyn.

Ar ôl cyrraedd y stafell wely roedd y ddau wedi cau'r drws cyn dechrau chwerthin. Chwerthin gwirion, afreolus, am ddim byd penodol. Wrth i'r chwerthin gilio eisteddodd Sam wrth ei ddesg a rhoi ei fag ar y llawr a dechrau chwarae efo llewys ei grys, yn ymwybodol mwya sydyn pa mor fach oedd ei stafell, a pha mor fabïaidd oedd posteri'r bandiau ar y wal.

"Llofft cŵl," meddai Leia, fel petai wedi darllen ei feddwl ac yn gwybod beth i'w ddweud. "'Dy Mam ddim yn gadael i fi roi postyrs i fyny. Deud bo' hi ddim wedi talu ffortiwn am baent Farrow and Ball jyst i fi sbwylio fo efo Blu Tack."

Gwthiodd Leia ei hesgidiau i ffwrdd un ar ôl y llall gyda stomp a stomp hyderus, ac yna eistedd fel teiliwr ar y gwely, ei chefn yn erbyn y wal, yn edrych yn gwbl gartrefol.

"Mae'n deud lot am rywun, ti'm yn meddwl? Os ydyn nhw'n fodlon rhoi postyrs ar wal neu ddim? Fel bo' nhw ofn gadael unrhyw farc." Crafu ei hewinedd wrth siarad.

"Be ydy pwynt bod yma o gwbwl os ti ddim am roi stamp dy hun ar dy fywyd, 'de? Jyst bodoli fatha rhyw ysbryd, neu fel rhyw fersiwn o'r person mae pawb arall isio chdi fod."

Bob hyn a hyn byddai'n stopio i edrych ar Sam, i drio gweld oedd o'n meddwl ei bod hi'n siarad gormod, neu oedd o'n mwynhau ei chwmni. Fel arfer byddai'n edrych arni, fel petai'n astudio ei hwyneb o du ôl i'r gwallt blêr oedd yn disgyn dros ei lygaid, ac yna'n cogio nad oedd o'n edrych arni o gwbl. Doedd hi ddim yn rhy siŵr oedd o'n gwrando.

"Dwi ddim isio byw fel'na – ofn rhoi Blu Tack ar y wal."

"Mmm," oedd y cwbl allai Sam ddweud. Roedd Leia yn ei stafell. Yn eistedd ar ei wely. Heb esgidiau am ei thraed. Roedd pob un owns ohono eisiau codi ac eistedd wrth ei hymyl. Ceisiodd orfodi ei hun i godi a symud ond roedd yn sownd yn ei sedd. Ceisiodd eto, ac eto. Mae hi yma. Mae hi ar dy wely di. Mae hi yn licio chdi fel'na. Mae'n rhaid bod hi.

Ond doedd o ddim wedi llwyddo; nid dyna'r noson y digwyddodd pethau. Ymhen deg munud roedd y ddau wedi clywed clep y drws ffrynt ac roedd Sam yn gwybod bod ei ddau riant adref bellach a bod dim gobaith i unrhyw un anadlu dan y to heb i bawb ddod i wybod am y peth.

Roedden nhw wedi siarad am rai o'r athrawon, am rai o'u ffrindiau yn y Chweched a faint oedd Leia yn casáu pob un o'r pynciau roedd hi wedi'u dewis. Wrth i Leia adael roedd Miriam wedi cynnig iddi aros i swper, ond gwrthod wnaeth Leia gan ddweud y byddai'n well iddi fynd am adra cyn i'w rhieni anfon search party. Roedd Miriam a Sam wedi gwenu, ond er bod Sam yn cwyno am ei rieni wrth Leia roedd o'n gwybod ei fod o'n lwcus go iawn. Yn y bôn roedd o'n ffrindiau efo'i fam a'i dad. Gwyddai nad oedd yr un peth yn wir i Leia. Doedd o ddim yn siŵr fasan nhw wedi anfon search party a dweud y gwir.

*

Caeodd gaead y jar Nutella a meddwl tybed sut oedd pethau wedi bod adra i Leia, ers hyn i gyd. Ond ar yr un gwynt, meddyliodd mai ei bai hi oedd hynny beth bynnag. Am wneud peth mor wirion. Felly be oedd hi'n ddisgwyl? Mi fasa bywyd lot haws tasa fo jyst yn gallu anghofio amdani.

Wrth iddo estyn am ei siaced a chychwyn ar ei ddiwrnod, oedodd am eiliad i roi ei law ar un o siwmperi ei fam oedd ar gefn cadair freichiau, ond petai'n gwbl onest â'i hun roedd ei ben yn dal yn llawn llun merch ifanc yn eistedd fel teiliwr ar ei wely yn nhraed ei sanau.

15

"Leia, ti'n barod? Os tisio lifft gan dy dad mae gofyn i chdi ddŵad y munud yma neu mi fydd o'n hwyr!" gwaeddodd Diane wrth droed y grisiau.

"IAWN!" bloeddiodd Leia, gan wneud yn siŵr unwaith eto bod popeth yn ei bag cyn diffodd golau ei stafell wely a drybowndio i lawr y grisiau.

"Efo pwy ti'n mynd eto?" gofynnodd ei mam, wrth edrych arni'n amheus gan fagu mỳg o de stemllyd.

"Efo Erin a Gwenno. God, faint o weithia dwi'n gorfod deud?!"

"Oi, paid â bod mor bowld, young lady. Dwi'n falch bo' chdi'n mynd i neud chydig o ymarfer corff, dim ond gofyn o'n i! Welan ni chdi tua deg ballu felly, ia?" Sipiodd Diane ei phaned a thynnu ei gwn nos yn dynnach.

"Ia, ella bach hwyrach, dwi'n meddwl na brawd mawr Gwenno sy'n dod â ni adra. Ocê, ta-ra!" A chyn i Diane gael cyfle i ymateb roedd Leia wedi sgrialu allan trwy'r drws ffrynt ac i mewn i'r car at ei thad.

"Do'n i'm yn gwbod bo' chdi'n chwarae sgwosh," meddai

Hywyn wrth ei ferch ganol, wrth iddyn agosáu at y ganolfan hamdden.

"Ma 'na lot o bethau ti ddim yn wbod amdana i, Dadi bach," meddai Leia, gan wenu'n ddel ar ei thad.

"Ha-ha," meddai Hywyn yn goeglyd, ond hefyd yn ansicr gan ei fod yn gwybod bod hynny'n wir y dyddiau hyn. "Wel, mwynha dy hun, a paid â gor-neud hi. Ti'm isio troi dy ffêr. Hen beth cas, mi 'nes i flynyddoedd yn ôl a 'dy'n ffêr i rioed 'di bod yr un fath ers hynny."

"Iawn, 'na i ddim, ta, Dad," atebodd Leia, ond gallai ei thad synhwyro ei bod wedi hen stopio gwrando arno. Taniodd y radio a throi'r sŵn reit i fyny i gael munud iddo'i hun cyn ymuno â'r cyfarfod Town Trust yn y dref. O, mynedd.

Ar ôl i'w thad orffen chwarae efo'r radio o'r diwedd diflannodd y Ford Focus gwyrdd i lawr y ffordd a brasgamodd Leia i doiledau'r ganolfan hamdden i newid, cyn brysio i gyfarfod ei ffrindiau yn y safle bws.

"Wel?" gofynnodd Gwenno ac Erin ar yr un gwynt, y ddwy mewn gwisgoedd hynod o anaddas ar gyfer gêm o sboncen.

"Y ddau wedi llyncu'r stori," meddai Leia, gan wthio ei hwdi a'i threinyrs i mewn i'r bag. "Oedd hynna bron yn rhy hawdd!"

Roedd y tair yn dal i chwerthin a sgwrsio wrth gerdded draw am Stad Tan y Muriau. Roedd Trystan wedi gwadd tipyn draw, ond ddim pawb o'r flwyddyn chwaith. Digwyddiad dethol oedd hwn, ac roedd y tair yn teimlo'r cyffro yn eu boliau wrth rannu potel o Aftershock glas ar y ffordd.

"Hei, sbïwch pwy sy 'di cyrraedd, y Three Musketeers!" meddai Garmon dros ei ysgwydd wrth agor y drws i'r genod.

"A sbia pwy sy 'ma i agor drws i ni," meddai Leia yn ôl fel siot. "Neb llai nag Adolf Hitler ei hun!"

Chwarddodd pawb lot mwy ar jôc Leia. Roedd Garmon wedi bod yn tyfu mwstás ers ychydig fisoedd, ac er ei fod yntau'n falch iawn o'r tyfiant bach tywyll a orweddai dan ei drwyn, roedd yn destun herio a thynnu coes cyson rhyngddo a gweddill y criw.

Cerddodd Leia i mewn a thaflu ei llygaid dros y stafell fyw yn sydyn. Huw, Trystan, Mike, Leigh, Tom a Carys Anne. Gwasgodd ei hun i mewn yn ddiseremoni rhwng Carys Anne a Tom a chymryd y smôc hir wen o law Tom gyda "Don't mind if I do," a winc.

Setlodd Erin a Gwenno ar glustogau ar y llawr, a throdd Trystan y gerddoriaeth ychydig yn uwch.

"Lle ma dy fam, Tryst?" holodd Gwenno, oedd wastad yr un fwyaf tebygol o boeni am leoliad rhieni unrhyw un a'r posibiliad o gael ei dal yn gwneud rhywbeth na ddylai.

"Yn sgio yn rwla efo'i chariad newydd. Nob o foi. Ond mae'n eidîal bo' fi'n cael tŷ i fi fy hun am wythnos 'de," meddai, gan godi i nôl potel arall o gwrw.

"Be, ti'n cael aros ar ben dy hun bach trwy'r wythnos? Sgin ti'm ofn?!" gofynnodd Gwenno heb feddwl.

Chwarddodd pawb, a Leia oedd y gyntaf i'w hateb.

"Ofn be, Gwenno? 'Dan ni'n byw yn ganol nunlla a does 'na ffyc ôl byth yn digwydd yma. Go brin bod 'na mass murderer am ddod i ladd Tryst yn ganol nos, 'de."

Cochodd Gwenno, a gwrthod y joint oedd bellach wedi ei chyrraedd hi.

"Na, chwarae teg, mae Nain yn galw i weld fi bob yn ail ddiwrnod," meddai Trystan, oedd yn eitha ffansïo Gwenno a ddim eisiau iddi deimlo'n wirion. "So dwi'n iawn, sti. A mae 'na lond freezer o fwyd 'fyd. Rhywun ffansi pitsa?"

Daeth llu o synau ffafriol, felly cododd Trystan gan fynd am y gegin ac ar ôl i Erin ledu ei llygaid arni fel dwy soser fe gododd Gwenno a'i ddilyn. Wrth i'r noson fynd yn ei blaen, y gwahanol ddiodydd yn cael eu hyfed a sawl mygyn yn cael ei basio o gwmpas, roedd nifer o gyplau yn diflannu gyda'i gilydd i wahanol rannau o'r tŷ, gan gynnwys Erin a Huw, ond arhosodd Leia lle'r oedd hi, yn mwynhau bod yng nghanol miri'r hogiau. Er ei bod mor hoff o'i chwaer fach, meddyliodd wrth chwerthin eto ar un o jôcs hurt Tom, byddai wedi hoffi cael brawd.

Roedd hi'n tynnu am naw. Mae'n rhaid nad oedd o'n dod. Penderfynodd Leia y dylai drio cyrraedd y tŷ bach, er bod ei phen yn troi erbyn hyn. Cododd yn araf a'i chychwyn hi i fyny grisiau ar ôl i Trystan weiddi, "Syth fyny ac ail ar y dde, ti'n gwbod, y stafall efo'r bog ynddo fo – hwnna ydy'r cliw mawr!"

Cerddodd Leia i fyny dan chwerthin a gafael yn sownd yng nghanllaw'r grisiau. Ar ôl gorffen yn y toilet golchodd ei dwylo a dechrau chwerthin wrth syllu yn y drych. Roedd arwydd yn hongian yna yn dweud 'Live, laugh, love'. Roedd mam Trystan wedi ysgaru ddwywaith.

"Lei? Chdi sy 'na?"

Sychodd y masgara oedd yn un sbloj o dan ei llygaid a throi i agor y drws.

"Hei! O'n i'n dechra meddwl bo' chdi ddim yn dod!" meddai, gan daflu ei breichiau am wddw Sam.

"Wow! Ti'n iawn? Ers faint ti yma?" meddai, wedi'i synnu gan y cyfarchiad cynnes, ond gan osod ei ddwylo o gwmpas canol Leia hefyd.

"Cwpwl o oriau. Bydd raid fi fynd yn munud, mae Mam a Dad yn meddwl bo' fi'n chwarae sboncen." A gyda hynny dechreuodd chwerthin unwaith eto, chwerthin nes bod ei bol yn brifo a dagrau yn llifo lawr ei bochau. Roedd o'n heintus ac ymhen dau funud roedd y ddau yn eistedd ar lawr y landing a'u pennau yn ôl yn erbyn y wal yn lladd eu hunain yn chwerthin.

"O mai god, oedd hynna mor ffyni," meddai Leia, gan gael ei gwynt ati.

"Dwi'n meddwl ella bo' chdi 'di cael bach gormod o sbliff, Lei," meddai Sam dan chwerthin, wrth deimlo pwysau llaw Leia yn ei law.

"Ella wir," meddai hithau gan droi i edrych arno. "Sam, ti mor, wel, dwm'bo mor be rili. Ond mi wyt ti 'de. Chdi Sam. Dwi 'di deud hynna wrtha chdi o'r blaen?"

Wrth glywed hyn gwyddai Sam bod Leia wedi cael lot o ddiod neu lot o weed, ond roedd effaith ei geiriau bron yr un mor bwerus. Teimlodd ei ben yntau'n troi.

"'Dan ni'n ffrindiau ers mor hir, dydan? Be, Blwyddyn 2? A dwi jyst, dwi isio, ond..."

Syllai Leia i'w lygaid a cheisio dod o hyd i'r geiriau cywir yng nghanol y niwl oedd yn llenwi ei phen. Sylwodd bod potel gwrw lawn yn llaw Sam.

"Ga i sip bach?" gofynnodd, a llowciodd ambell gegiad i wlychu ei cheg oedd mor ludiog â phot o surap.

"Dwi jyst ofn i ni sbwylio petha," meddai wrtho wedyn, gan edrych yn syth i'w lygaid.

Allai Sam ddim penderfynu beth i'w ddweud. Roedd hi'n amlwg yn high a doedd o mond wedi cael hanner potel o gwrw, ond roedden nhw wedi dawnsio o gwmpas y sgwrs yma mor hir, y teimladau yma, mor, mor hir. Doedd o ddim eisiau colli'r cyfle. Cymerodd swig sydyn cyn edrych arni.

"Ond be os fasa ni ddim yn sbwylio petha? Be os fasa fo'n... gweithio?"

Agorodd drws un o'r stafelloedd gwely a rhedodd Huw allan yn ei drôns ar wib am y stafell ymolchi. Wnaeth o ddim trafferthu cau'r drws a'r peth nesaf glywodd Leia a Sam oedd cynnwys stumog Huw i gyd yn dod allan o'i geg.

"O ffyc sêcs, Huw!" meddai Sam wrth godi i gau drws y lle chwech.

Erin ddaeth i'r golwg nesaf. "Tyrd Lei, 'dan ni'n mynd. Rŵan."

Edrychodd Sam a Leia ar ei gilydd a daeth "Ond..." bach tawel o geg Leia cyn i Erin afael ynddi a'i martsio lawr y grisiau. "Rŵan!"

Ymhen hanner awr roedd y tair yn cerdded ar hyd y doc yn llowcio tsips ac awyr iach i drio sobri.

"So, natho chi acshyli...?"

"Naddo," atebodd Erin yn swrth, cyn cnoi sglodsen a chaws arni. "Bron, ond wedyn nath o ddeud bod o'n teimlo'n sâl a rhedag o 'na i chwdu ei gyts allan. Ffocin Prince Charming."

"Oooo," meddai'r ddwy arall, gan afael am eu ffrind i gydymdeimlo.

"Oeddan nhw'n yfad a smocio ers oria, sti," meddai Leia, oedd dipyn sobrach ei hun ar ôl y sglodion a chan o bop, gan drio gwneud i'w ffrind deimlo'n well. "Fydd o'n cicio'i hun ar ôl iddo fo sobri. Wir 'ŵan."

"Bydd, achos cheith o ddim chance arall 'de," atebodd Erin yn swta, yr ego wedi cael tolc hegar.

"O, c'mon, Er, 'dan ni i gyd yn gwbod bod hynna ddim yn wir. Ti'n ffansïo Huw ers blynyddoedd!"

"Nadw i! Hon sy'n ffansïo Sam ers blynyddoedd, 'de Lei? Ddigwyddodd rhywbeth rhyngddach chi'ch dau heno?"

"Be? Naddo siŵr," atebodd Leia'n sydyn, ond gan ddiawlio ei hun na allai gofio'n be'n union oedd y sgwrs rhyngddi hi a Sam wedi bod. Roedd hi'n amau'n gryf ei bod wedi dweud wrtho sut oedd hi'n teimlo, ond allai hi ddim bod yn hollol siŵr.

"Ffrindia ydy Sam a fi. Dim byd mwy."

Ysgydwodd Gwenno ei phen ar ei ffrindiau pennaf, a diolch ei bod hi wedi bod yn ddigon call i fwyta hanner pitsa ar ddechrau'r noson, a heb wneud dim mwy na chusanu Trystan ar gownter y gegin.

"Os ti'n deud," meddai Erin a Gwenno yr un pryd yn union, cyn sgrechian "Jinx!" dros y lle.

Chwarddodd y tair fel udfleiddiaid gwyllt wrth agosáu at y toiledau, lle byddai pawb yn newid yn ôl i'w dillad ymarfer corff ac yn tynnu pob sgrap o golur cyn dychwelyd yn dawel trwy ddrysau eu tai ac yn syth i'w gwlâu.

16

"Sam, brysia, dy dad!"

Trodd ugain o bennau bach eiddgar i gyfeiriad y llais i weld pwy oedd yn tarfu ar eu gwers.

Tynnodd Sam ei goes i lawr o'r awyr wrth i'r geiriau gyrraedd ei glustiau.

"Be? Dad? Be sy? Ydy o'n iawn?"

Cododd Leia ar ei thraed hefyd, wedi iddi dreulio hanner awr gynta'r wers yn cuddio yn y gornel.

"Kev?" gofynnodd Leia, yn methu deall y cynnwrf. Roedd Kevin Moss yn sefyll yno mewn Lycra o'i gorun i'w sawdl, yn pwyso yn erbyn cadair fel petai ganddo wayw yn ei ochr, a chwys yn llifo i lawr ei dalcen.

"Mae dy dad wedi bod mewn damwain. Dos, Sam. RŴAN!" Anadlodd Kevin yn drwm cyn ychwanegu, "Jyst tu allan i dre, ar yr A493 – y lôn sy'n mynd am Borth. Dos reit handi a gei di fynd efo fo yn yr ambiwlans."

Trodd Sam ac edrych yn syth i lygaid Leia wedi iddo yntau osgoi edrych arni trwy gydol y noson, cyn rhedeg nerth ei draed allan o'r ganolfan yn ei wisg garate wen.

Ac fel petai rhywun wedi codi sŵn y radio eto, dechreuodd ei ugain disgybl bach siarad a gweiddi bymtheg y dwsin, wedi cyffroi yn lân yn sgil y digwyddiad anarferol. Edrychodd Leia arnyn nhw ac yna ar y cloc.

"Ydy o'n iawn, Kev? Ydy Meical yn iawn? Fydd o'n iawn, bydd? O mai god, ffyc."

Stopiodd Leia yn ei hun rhag dweud unrhyw beth arall pan sylwodd fod y plant wedi troi i edrych arni a llygaid sawl un wedi lledu fel dwy soser wrth glywed y rheg.

"Ia, dwi'm yn gwbod," atebodd Kevin, gan sythu ei gefn a chael ei wynt ato. Rhoddodd un law ar y gadair a'r llall ar ei ochr nes ei fod yn edrych fel tebot chwyslyd. "Digwydd pasio o'n i, mynd am jog. Roedd y crash yn edrach yn ofnadwy, ond ti byth yn gwbod, mae'r pethau 'ma'n gallu edrych yn waeth nag ydyn nhw weithia..."

Sylwodd Leia ei fod o wedi gwelwi.

"Pam na steddi di am funud, Kev? Ti'm yn edrych yn rhy grêt."

Dechreuodd y plant siarad eto, ac ambell un yn penderfynu cynnal eu gwers carate eu hunain gan fynd ati i gicio a thaflu ei gilydd ar y llawr.

"Ym, be dwi fod i wneud efo rhein rŵan?" gofynnodd Leia. "Fydd eu rhieni nhw ddim yma am hanner awr arall!"

Roedd pen ôl Kevin bron â chyffwrdd y gadair pan

glywodd hyn ac yn sydyn dyma ailfeddwl. Byddai ei soffa yn brafiach lle o'r hanner i gael sit-down nag yn fama efo llond gwlad o blant, a Leia Davies.

"Ym, wel, rhaid i ti eu diddanu nhw, bydd? Paid â gadael yr un ohonyn nhw allan o dy olwg, o gwbwl, iawn?"

A gyda hynny o gyngor ac arweiniad dechreuodd Kevin facio'n araf allan o'r stafell.

"Be? Ti'n siriys?" gwaeddodd Leia ar ei ôl, gan droi i edrych ar yr ugain creadur bach oedd bellach yn un cwlwm anferthol o freichiau a choesau ar y llawr. "Be dwi fod i neud efo nhw?"

Gwelodd Kevin yn codi ei ysgwyddau cyn diflannu rownd y gornel a thynnu'r drws ar ei ôl gyda chlep.

Blydi cachgi! Cododd Leia ei chyrls ar dop ei phen a lapio sgrynshi mawr i'w cadw nhw yn eu lle wrth geisio wynebu'r dasg o'i blaen, ei meddyliau i gyd yn troi at Sam ond lefel y sŵn yn y stafell yn ei thynnu yn ôl. Reit.

"Ocê! Dyna ddigon! Steddwch, y diawliad bach swnllyd!"

Roedd y gair 'diawliad' wedi bod yn ddigon o sioc iddyn nhw stopio a gwneud fel oedd Leia'n gofyn. Roedd sawl un wedi clywed y gair a llawer gwaeth adref, ond roedd o'n wahanol pan oedd yn dod gan rywun mewn awdurdod.

"Iawn, ocê, dyna welliant."

Edrychodd Leia ar eu hwynebau ac ar y cloc.

"Iawn, ma gynnon ni jyst dros hanner awr rŵan tan bod eich rhieni chi'n dod i'ch nôl chi, felly rydan ni am chwarae... Musical Bumps!"

"Be???" Daeth sawl bloedd ar draws ei gilydd wrth i nifer o'r plant weld trwy ei hawdurdod mwyaf sydyn.

"Musical Bumps? Be ti'n feddwl ydan ni, babis?"

"A ddim parti pen-blwydd ydy o, eniwe!"

"Garantîd bod ganddi ddim gwobr i'r enillydd chwaith!"

A bod yn deg, gallai Leia ddeall eu pwynt. Doedd hi erioed wedi mwynhau gemau parti lle'r oedd disgwyl i bawb ddilyn yr un rheolau, a lle'r oedd mwynhau dy hun yn orfodol.

"Oceeeeee ta, beeeeee aaaaam... chwarae Sardîns?"

"Sardîns? Be ydy hynna?"

Edrychodd Leia arnyn nhw mewn syndod.

"Dach chi siriysli ddim yn gwbod sut i chwara Sardîns?!"

Ysgydwodd pawb eu pennau.

"Be sy'n bod arnach chi?! Ocê, mae'n hollol hawdd, mae un yn cuddio a pawb arall yn cyfri. Wedyn ma pawb yn mynd i chwilio am yr un sydd wedi cuddio, a pan ti'n ffeindio fo, ti'n gorfod cuddio efo fo! A'r person ola i ffeindio pawb sydd yn colli, a hwnnw sy'n cuddio tro nesa."

Dechreuodd ambell un sôn fod ganddynt syniad am le

da i guddio wrth ei ffrindiau, felly roedd Leia yn synhwyro ei bod wedi taro'r hoelen y tro hwn.

"Iawn? Cŵl? Pawb yn dallt?"

Gwaeddodd pawb ar draws ei gilydd yn llawn cyffro a phenderfynodd Leia fwrw iddi cyn i rywun brotestio.

"Ocê, iawn, wel, gan bo' chi ddim wedi chwarae o'r blaen, 'na i guddio gynta, iawn? So mae'n rhaid i chi gyfrif i dri deg, a does 'na neb yn cael mynd allan o'r Ganolfan, iawn? Dim un droed allan trwy'r drws na, dallt?"

"Iawn!" meddai pawb, yn llawn cynnwrf mwyaf sydyn wrth gael oedolyn yn chwarae gêm efo nhw.

"Ocê, iawn, trowch i wynebu'r wal yna a chyfri i dri deg."

Ac er mawr syndod i Leia dyma'r ugain yn troelli ar eu penolau i wynebu'r wal, rhoi dwylo dros eu llygaid a dechrau cyfrif yn uchel gyda'i gilydd.

Doedd dim rhaid i Leia feddwl am hir cyn dewis lle i guddio. Roedd hi bellach wedi treulio oriau ac oriau yn y Ganolfan. Roedd hi'n gwybod pa glo oedd yn sticio, pa un o nodau'r organ fach oedd allan o diwn. Gwyddai pa ffenestri oedd wedi cael eu peintio ynghau, yn adnabod holl synau'r boiler ac yn gwybod lle fyddai'r cysgodion yn ymestyn wrth i'r haul fachlud.

Y cwpwrdd bach y tu ôl i'r organ. Mi fyddai'n siŵr o gymryd sbelan go lew i unrhyw un ei ffeindio yno. Aeth ar flaenau ei thraed a theimlo'n wyth oed eto, yn rhedeg i guddio wrth chwarae gyda Glesni a Gwawr.

"Tri deg! Barod neu beidio dyma ni'n dŵad!"

Wrth eistedd yn y tywyllwch gallai Leia glywed y plant yn chwilio amdani, ond a hithau ar ei phen ei hun am eiliad dechreuodd feddwl eto am Sam. Mae'n siŵr eu bod nhw ar y ffordd i'r ysbyty yn yr ambiwlans erbyn hyn. O, gobeithio'i fod o'n fyw, meddyliodd , drosodd a throsodd. Plis, plis, plis fod o'n ffycin fyw.

Daeth sŵn pitran patran traed bach at y drws yn sydyn, a daeth dalen o olau i mewn wrth i un plentyn agor y drws a gwenu fel giât wrth sylwi mai hi oedd y gyntaf i ffeindio Leia. Meimiodd Leia iddi fod yn dawel a symud i wneud lle iddi yn y cwpwrdd.

"Lle da i guddio!" meddai'r ferch fach, wrth eistedd wrth ymyl Leia.

"Shh, paid â siarad neu fydd y lleill yn ffeindio ni!"

Bu'r ddwy yn dawel am funud.

"Ti'n meddwl bod dad Sam wedi marw?"

Diolchodd Leia eu bod nhw mewn tywyllwch cyn ateb.

"Dwi ddim yn gwbod, sti. Dwi'n gobeithio ddim, ond dwi ddim yn gwbod."

Tawelwch eto am ychydig.

"Ma taid fi wedi marw. Ma Mam yn deud fod o yn y nefoedd rŵan yn sbio lawr arna fi."

Eisteddodd Leia yna yn trio meddwl beth i'w ddweud. Doedd dim byd yn ffolder y Ganolfan am sgyrsiau gyda phlant am farwolaeth.

"Ond, dwi'm yn siŵr." Aeth yn ei blaen. "Achos os ydy o, fasa fo'n gweld fi yn pi-pi hefyd, basa? A dwi'm yn meddwl sa Taid isio gweld hynna rili. Darts oedd o'n licio. A mynd i Lion. A cinio dydd Sul. A hygs mawr fi a chwaer fi."

Llyncodd Leia, a cheisio meddwl am ateb. Meddyliodd am Nain Taffi oedd wedi mynd, a gadael pnawniau Sul gwag yn ei bywyd hi. Ac am fam Sam. A'i dad.

"So dwi'n gobeithio fod o ddim yn sbio lawr arna fi go iawn. Ond dwi'm 'di deud hynna wrth Mam. Dwi'n gobeithio fod o efo ffrindia erill fo sydd wedi marw yn chwarae darts."

Yn sydyn daeth lleisiau gwahanol i sylw Leia, a sylwodd fod yr aer wedi newid hefyd. Roedd rhywun wedi agor y drws.

"Tyrd, well i ni tsiecio bod pawb yn iawn," meddai'n sydyn, wrth annog y ferch wrth ei hochr i agor drws y cwpwrdd.

Wrth i'r ddwy ymbalfalu allan ar eu pedwar cododd Leia ei phen i wynebu tair dynes ddryslyd a blin iawn yr olwg.

"Be ar wyneb y ddaear?"

Brasgamodd un ymlaen a gafael yn y ferch fach.

"Be ddiawl ti'n neud mewn cwpwrdd efo fy merch saith oed i?!"

Cododd Leia i sefyll a brwsio'r llwch oddi ar ei jîns.

"Wow, wow, wow, hold on rŵan. Does 'na'm angen gorymateb. Chwarae Sardîns oeddan ni! Oedd Sam wedi gorfod mynd achos fod ei..."

Ond cyn i Leia gael cyfle i orffen ei brawddeg dechreuodd un o'r merched eraill weiddi. Safai'r plant i gyd yn dawel yn gwylio'r sioe.

"Be, so chdi sydd in charge? Maen nhw wedi gadael chdi yn edrych ar ôl ein plant ni?"

Ar hyn daeth rhagor o rieni mewn i'r stafell i nôl eu plant, pob un yn arafu ac yn sefyll yno yn ceisio deall beth oedd yn mynd ymlaen.

"Os newch chi jyst gadael i fi esbonio! Ma tad Sam wedi bod mewn damwain car, felly roedd rhaid iddo fo fynd, a jyst fi..."

Ond eto, torrwyd brawddeg Leia ar ei hanner.

"Jyst chdi! Ia, yn union. Jyst chdi! Blydi drygi ar community service yn edrych ar ôl ein plant ni! Ma'r peth yn disgrace! Ffion, dos i nôl dy stwff i ni gael mynd o 'ma."

"Ond Mam," protestiodd y llais bach yn ofer.

"Y MUNUD YMA, FFION!"

Ac wrth i Ffion frysio i nôl ei bag a'i chôt aeth y plant

eraill ar ei hôl yn ddistaw ac aeth y rhieni i gyd allan i'r stryd i ffeirio sylwadau.

"Blydi jôc. Mi fydda i'n ffonio'r Kevin Moss 'na yn syth ar ôl cyrraedd adra."

"Dydy o'm yn iawn, siŵr! Ti'n meddwl bo' chdi'n gadael dy blant mewn lle saff!"

Ymhen cwta bum munud roedd pawb wedi mynd, a'r Ganolfan yn dawel eto. Aeth Leia at y drws i'w gau a'i gloi o'r tu mewn, cyn troi a cherdded yn ôl at y cwpwrdd bach y tu ôl i'r organ. Dringodd i mewn a chau'r drws.

17

"Leia! Leia! Leia deffra, ffyc sêcs!"

Agorodd Leia un lygaid yn araf, araf wrth glywed llais yn ei chyrraedd drwy driog cwsg.

"Y?"

"Blydi hel, ti 'di cymyd sleeping pills ta be?" brathodd Chris, yn flin am i'w ffrind wneud iddo feddwl am hanner eiliad ei bod hi wedi marw yn ei chwsg. "Welish i neb rioed yn cysgu mor ffycin drwm!"

Eisteddodd ar erchwyn y gwely cyn sylwi ar y gwaelodion sbliffs oedd mewn potyn bach ar y llawr wrth ymyl ffôn Leia, a gwydr gwin gyda hoel piws yn ei waelodion.

"Ooo, dallt 'ŵan! O'n i'n meddwl bo' chdi'n trio roi gora i'r stwff 'na? Eniwe, dim ots am hynna rŵan. Ma Dewi 'di bod draw bora 'ma, Lei. Mae o'n cicio ni allan."

Roedd hynny yn ddigon i'w deffro. Eisteddodd i fyny a cheisio agor ei llygaid er mwyn gweld os mai tynnu coes oedd ei ffrind.

"Cicio ni allan? Pam?!" Roedd ei cheg fel petai'n llawn glud, a'i phen yn drwm. Ac er mai dim ond slefren denau iawn o olau dydd oedd yn dod i mewn rhwng y llenni, roedd o'n ormod.

"Gwerthu'r ffycin lle. Alli di goelio? Prisia yn dda a ffansi quids in, ma raid." Gwthiodd Chris ei goesau allan o'i flaen ac edrych o'i gwmpas ar y stafell flêr cyn rhannu gweddill y newyddion.

"Mae o isio ni allan cyn diwadd y mis! Bastard. Dwi reit siŵr bod hynna yn illegal though. 'Na i tsiecio. Ond ia. Shit 'de. Meddwl sa well fi adael chdi wbod. Dwi 'di tecstio Gwyn i adael fo wbod, mae o efo Cara eto, dwi'm 'di gweld lliw ei din o ers wythnosau."

Edrychodd ar ei ffrind yn ei phyjamas Bambi, a masgara yn ddwy strempan ddu dan ei llygaid.

"A' i i neud coffi i ni," meddai, gan gyffwrdd coes Leia yn ysgafn a'i gwasgu am eiliad fach, fach, gan geisio cyfleu rhai o'r pethau na allai ddod o hyd i'r geiriau i'w dweud.

"Coffi," oedd yr unig beth allai Leia ddweud. Wrth glywed sŵn traed Chris ar y grisiau gollyngodd ei hun yn ôl ar ei gobennydd. Mis. Mis i ffeindio rhywle arall i fyw. Lle ddiawl oedd yna i fynd? Dim ond o drwch blewyn roedd hi'n fforddio rhent fan hyn, a hynny am fod o'n dwll o le. Doedd 'na fawr ddim o'r pres dôl dros ben ar ôl talu rhent a biliau, a dros ei chrogi ei bod hi'n symud adra eto. Ceisiodd wneud ei meddwl yn wag.

"Ma'n barod!"

Er gwaetha'r ffaith fod ei chorff a'i hymennydd yn erfyn arni i anwybyddu galwad Chris a dychwelyd yn ôl i ddyfnder cwsg, taflodd y dwfe i'r naill ochr a symud ei choesau'n araf. Meical. Byddai'n rhaid iddi ffeindio allan sut oedd Meical. A Sam. Ac wrth gwrs, roedd yn rhaid iddi sortio'r blydi Merched y Wawr.

Ar ôl cawod chwilboeth a choffi du roedd Leia'n nes at fod yn hi ei hun eto, ac roedd rhywbeth bron yn groesawgar am y gwynt oer a ddaeth i'w chyfarfod wrth iddi agor y drws ffrynt. Piciodd yn ôl am sgarff a het cyn tynnu'r drws ar ei hôl.

"Heia, cyw, ti'n iawn?"

Trodd i weld Sarah Lloyd ochr arall y stryd, wrthi'n croesi'r ffordd er mwyn dod ati.

"Heia. Iawn?"

"Ocê, 'de. Ro'n i ar fin dod i roi cnoc arna chdi. Mewn bach o tight spot ydw i. Dwi angen rhywun i warchod Liam i fi heno. Ti'n meddwl sa chdi'n gallu helpu? Sa'm rhaid i chdi neud dim byd rili, jyst bod yna. Mae o'n ddeuddag 'ŵan, bron yn thirteen, so fydd o'n iawn jyst yn watsiad teli neu chwarae xBox ond dwi methu adael o'i hun a ma Mam a Trace yn gorfod gweithio."

"Ymmm," doedd Leia ddim wedi disgwyl hyn, ac o gofio ymateb y rhieni neithiwr wrth weld mai hi oedd yn gofalu am eu plant, allai hi ddim dirnad pam bod Sarah yn gofyn iddi hi o bawb.

"O plis, cyw? Dwi'n desbret. Dwi 'di bod yn ffansïo'r boi 'ma ers aaaaaages a mae o finally wedi gwadd fi allan am ddrinc!"

Allai Leia ddim peidio gwenu wrth ddeall mai dyna oedd yr argyfwng. Ond doedd ganddi ddim byd gwell i'w wneud, ac mi fyddai'n ei hatal rhag smocio tri joint arall ac yfed potel o win.

"Ia, iawn. Be tisio fi neud, dod i tŷ chdi?"

Gwenodd Sarah fel giât wrth sylweddoli ei bod am gael mynd ar ei dêt wedi'r cwbl.

"Oooo diolch, diolch, diolch! Ia, sa ti'n dod draw erbyn tua half six? Fydd 'na bitsa yn freezer i chdi. 'Na i decstio'r cyfeiriad i chdi toc. Rhaid fi fynd 'ŵan, dwi'n hwyr, genna i shifft llnau yn y Clwb Hwylio bora 'ma. Diolch diolch diolch! Siriysli ma'r boi mor hot faswn i ddim yn gofyn fel arall!"

Wrth wylio Sarah yn hanner cerdded hanner sboncio lawr y stryd, gwenodd Leia. Mae'n siŵr bod yna bobl eraill y byddai Sarah wedi gallu gofyn iddyn nhw mewn gwirionedd.

Cerddodd yn araf am y Ganolfan ac estyn ei ffôn o'i phoced. Roedd hi wedi tecstio Sam ddwywaith neithiwr. Unwaith am un ar ddeg, ar ôl smocio un joint, ac eto am dri y bore, ar ôl smocio dau joint arall ac yfed dau lasiad mawr iawn o win coch. Roedd o wedi gweld ei negeseuon ond heb ateb.

Oedodd ei bodiau uwch y sgrin. Ddylai hi drio eto? Neu aros? Neu jyst gadael llonydd? Allai hi ddim peidio ail-weld yr olwg oedd ar wyneb Sam wrth iddo redeg allan o'r Ganolfan y noson cynt.

Rhoddodd ei ffôn yn ôl yn ei phoced am y tro, a mynd yn ei blaen. Roedd bore coffi Merched y Wawr yn dechrau mewn dwy awr, ac roedd gofyn i'r lle fod fel pin mewn papur cyn i'r rheiny gyrraedd neu mi fyddai un ohonyn nhw'n saff o gwyno.

Ar ôl glanhau'r Ganolfan nes ei bod yn sgleinio, a theimlo'n reit siŵr y byddai'r hen Bryderi hyd yn oed – heddwch i'w lwch – wedi bod yn falch ohoni, treuliodd ddwy awr yn ceisio diflannu i mewn i'r papur wal. Gallai eu gweld yn siarad amdani, yn gostwng eu lleisiau ond yn taflu eu llygaid i'w chyfeiriad. Roedd yn amlwg fod Merched y Wawr yn dda am bobi cacennau a gwneud tsiytnis, ond doedden nhw ddim yn gynnil. Dychmygai beth oedd yn cael ei ddweud amdani. Cywilyddus. Gwarthus. Pobl ifanc dyddiau 'ma. A meddyliai am y pethau yr hoffai hi ddweud wrthyn nhw. Ofn. Camgymeriad. Styc.

Erbyn diwedd y ddwy awr roedd hi'n barod am smôc. Tynnodd ddrws y Ganolfan ar ei hôl a thanio'i ffon wen ar un gwynt. Mi fyddai angen y nerth; nesaf roedd rhaid wynebu cinio efo Glesni, Gwawr, Diane, a'r nodiadur priodasol.

Doedd Leia ddim wedi siarad efo'i mam ers y ffrae am y

morynion priodas, dim ond ateb ei negeseuon tecst. Roedd ei thad wedi bod ar y ffôn fwy nag unwaith yn esbonio mai wedi cael gormod o siampên oedd ei mam, wedi cynhyrfu gormod, ac nad oedd hi'n trio awgrymu na ddylai Leia fod yn forwyn, siŵr. Er bod Leia'n gwerthfawrogi ymgais ei thad i wella pethau rhwng y ddwy a gwneud iddi deimlo'n well, syllai'n gwbl ddiymadferth ar y ffôn ar ddiwedd y sgwrs.

Gwawr oedd wedi tecstio Leia i ddweud wrthi am y cinio, ac i esbonio bod Glesni a Rhodri wedi penderfynu priodi bythefnos cyn Dolig. Roedd calon Leia wedi suddo wrth weld y neges. Roedd hi wedi dychmygu y byddai ganddi fisoedd ar fisoedd os nad blwyddyn nes y byddai'n rhaid iddi wynebu halibalŵ y briodas ond mwya sydyn roedd hi gwta ddeufis i ffwrdd. Bythefnos cyn y Nadolig – fel petai treulio diwrnod Nadolig gyda'i theulu agosaf ddim digon drwg, rŵan roedd rhaid dioddef priodas hefyd.

Wrth agosáu at fwyty Niros penderfynodd Leia anfon un neges arall, er bod rhan ohoni yn dweud wrthi am beidio.

Gobeithio bod dy dad yn OK. Fedra i ddod â rwbath i'r sbyty os da chi angen unrhyw beth. Poeni. Lx

Yna tynnodd anadl ddofn ac agor y drws.

"Leia! 'Dan ni'n fama!" gwaeddodd Gwawr uwch y gerddoriaeth Eidalaidd ystrydebol swnllyd, gan godi a chwifio ar ei chwaer, yn gwbl ddiangen, gan mai dim ond y nhw a dau gwpwl oedd yn y bwyty i gyd. Roedd hwn yn fwyty

Eidalaidd drud, a doedd dim llawer o drigolion Llanfechan yn mynd yno am ginio. Gwesty swper pen-blwydd, neu swper pasio arholiadau oedd Niros i fwyafrif y pentref. Roedden nhw wedi bod yno droeon dros y blynyddoedd yn dathlu amryw lwyddiannau Glesni a Gwawr.

"Haia, blodyn," meddai Diane, gan godi a rhoi cusan sydyn i Leia ar ei boch. Gallai Leia ddweud yn syth wrth y ffordd yr oedd ei mam wedi eistedd yn ôl yn gefn-syth ei bod wedi arogli mwg arni, a bod y bont rhyngddynt wedi gwanio yn barod. Estynnodd Leia am lasiad o ddŵr a'i yfed ar ei thalcen. Roedd hi'n benderfynol bod y cinio am fod yn ddi-ddrama heddiw. Roedd meddwl am Meical yn gorwedd mewn ysbyty yn rhoi ychydig o bersbectif ar bethau.

"Haia, pawb yn iawn? Ti'n edrych yn neis, Gles," meddai wrth ei chwaer hynaf, yn rhannol gan ei fod yn wir, ac yn rhannol er mwyn ceisio cychwyn y diwrnod ar y droed iawn.

"Diolch! Dwi'n mynd i'r lle newydd 'na'n dre i gael facials, maen nhw'n majic! Rhaid i chdi fynd. Ti'n ocê?"

Meddyliodd Leia am wyneb y fam oedd fwy neu lai yn sgrechian arni yn y Ganolfan neithiwr. Meddyliodd am y ferch fach a'i thaid oedd yn y nefoedd yn sbio lawr arni yn pi-pi. Meddyliodd am Dewi yn gwerthu'r tŷ, ac am Sam, a oedd wedi gorfod claddu ei fam, a rŵan, o bosib, am orfod claddu ei dad hefyd.

"Yndw, sti. Dwi'n iawn."

Daeth dyn sionc a phoenus o siriol draw i gymryd eu harcheb a chyn ei fod wedi sgipio'n ôl i'r gegin i'w darllen i'r cogydd roedd y nodiadur allan o'r bag.

"Iawn, lle 'dan ni arni, Gles?" gofynnodd Diane, wrth dywallt ail lasiad o win gwyn iddi hi ei hun. Sylwodd Leia nad oedd Gwawr na Glesni hanner ffordd trwy eu glasiad cyntaf eto.

"'Dan ni bron yna, a deud y gwir, sti. Dwi wedi archebu'r blodau gan Petalau Perffaith. Dwi wedi setlo ar rosod coch a gypsoffila. Nadoligaidd ond ddim too much 'de. So mae hynna wedi sortio."

Gwthiodd ei gwallt euraidd tu ôl i'w chlust cyn cario mlaen. Edrychai fel petai wedi gwisgo i fod ar flaen cylchgrawn; ei gwallt yn sgleinio, ei cholur Charlotte Tilbury yn gwneud ei hwyneb yn unlliw perffaith heb unrhyw wythiennau bach coch rownd ei thrwyn na chylchoedd du dan ei llygaid, a'i ffrog las tywyll a'r siaced liw hufen yn edrych fel newydd. Gwasgodd Leia ei bodiau yn ei DMs, a stwffio ei dwylo rhwng ei phengliniau oedd wedi eu tywallt i mewn i'w skinny jeans du ffyddlon.

"Rydan ni wedi bwcio Plas Glan yr Afon ac ma'r bwyd i gyd yn rhan o'r package, felly ma hynna wedi'i wneud."

"Ww, be 'dan ni'n gael i'w fwyta?" gofynnodd Gwawr.

"O, mae'n anhygoel, mae Rhods a fi wedi bod am taster

wicénd dwytha. 'Dan ni'n dechrau efo terrine ham hock efo bara a tsiytni, cawl i'r fejis a'r figans, wedyn cinio ffesant efo llysiau cinio Dolig i gyd, nut roast i'r fejis a'r figans, a wedyn soufflé mafon efo coulis i bwdin. Salad ffrwythau i'r figans."

Cawl, nut roast a salad ffrwythau? Brathodd Leia ei thafod er mwyn atal ei hun rhag mynegi piti dros y fejis a'r figans. Yn hytrach rhoddodd wên a gwneud sŵn 'mmm' i gyd-fynd â'i mam a'i chwaer.

Ar hynny daeth y gweinydd siriol yn ôl i osod platiau poeth swmpus dan eu trwynau.

"O, waw am neis, diolch, cyw. Gymrwn ni botel arall o wyn i fynd efo fo, ia?"

A bu distawrwydd am eiliad wrth i'r pedair flasu eu prydau. Edrychodd Leia arnynt yn torri a llwytho a chnoi, a gweld ei hun yn eu symudiadau, eu hystumiau, eu hosgo.

"So dwi isio chi'ch dwy fod yn forynion plis. Dydy Soph ddim isio achos mae'n due yn mis Ionawr, sy ddigon teg rili. A ma Marc am fod yn best man i Rhods."

"A be am yr hèn dw?" gofynnodd Gwawr yn obeithiol. A hithau ddim ond yn un ar bymtheg doedd Gwawr ddim wedi bod ar unrhyw barti plu eto, ond roedd wedi clywed digon amdanyn nhw gan ei chwaer hynaf.

"Ma Soph am drefnu," meddai Glesni, cyn ychwanegu ar yr un gwynt, "mae hi 'di bod ar gymaint ohonyn nhw, do, so fydd hi'n gwybod be i drefnu. Penwythnos yn Llundain yn swnio'n iawn i bawb?!"

Gwichiodd Gwawr a Diane, a llwyddodd Leia i roi gwên fach. Allai hi ddim meddwl am lawer o ddim byd gwaeth na mynd i Lundain ar barti plu gyda'i mam a'i chwiorydd a chriw o ffrindiau Glesni.

Wrth i Glesni ddechrau esbonio beth fyddai trefn y dydd a phwy fyddai'n gwneud y darlleniadau, teimlodd Leia gryndod yn ei phoced. Estynnodd ei ffôn, a chael cip ar y sgrin. Sam.

"Sori, dau funud," meddai wrth y tair, cyn troi i ddarllen y neges.

Dio ddim yn dda, Lei. Stable, ond ddim yn dda. Ddoi di yma?

Rhuthrodd calon Leia i'w gwddw wrth ddarllen y geiriau. Ymdrechodd i ymddwyn fel petai dim wedi newid a gorffen ei chinio, nodio a gwenu, ond prin ei bod wedi clywed yr un gair o weddill y sgwrs.

18

Doedd ganddi ddim lot o amser. Erbyn i Leia fedru dianc o'r bwyty heb bechu roedd hi'n tynnu am dri, ac roedd hi wedi addo bod efo mab Sarah Lloyd am hanner awr wedi chwech, ond roedd Sam wedi gofyn iddi fynd yno. Roedd o eisiau hi yno. Roedd Chris wedi rhoi lifft iddi, chwarae teg, ond wyddai hi ddim eto sut y byddai'n dod yn ôl erbyn hanner awr wedi chwech. Mi groesai'r bont honno wedyn.

Cerddodd trwy ddrysau troi'r ysbyty a cheisio gwneud synnwyr o'r holl arwyddion o'i blaen. Doedd Sam ddim wedi dweud ym mha ward oedd ei dad. Fyddai o yn yr adran frys? Neu oedd pawb oedd yn dod mewn ambiwlans yn dod i mewn i'r un ward? Sganiodd Leia'r arwyddion eto heb fedru gwneud pen na chynffon ohonynt.

"Leia?"

Trodd i weld Miall Huws yn sefyll wrth ei hochr.

"Ydach chi'n iawn, Leia?"

Cofiodd am y ffordd yr oedd hi wedi siarad efo Miall

Huws wrth y doc ychydig wythnosau ynghynt a gwingodd y tu mewn.

"Ym, nadw. Dwi'n chwilio am Meical Jones. Tad Sam? Mae o wedi bod mewn damwain car neithiwr, a dwi ddim yn gwbod lle..."

"Ffordd hyn," meddai Miall, gan gychwyn cerdded yn awdurdodol, cyn troi a galw arni dros ei hysgwydd. "Dewch efo fi, Leia."

Brasgamodd Leia yn fân ac yn fuan i drio dal i fyny efo'i chyn-athro Cymraeg. I lawr â nhw ar hyd coridorau diddiwedd nes i Miall ddod i stop yn sydyn.

"Yn fan hyn maen nhw, Leia. Fyddwch chi'n iawn, rŵan?"

Edrychodd Leia ar Miall a cheisio deall sut oedd o'n gwybod y ffordd, a pham ei fod yn ei helpu, ond dim ond nodio wnaeth hi, a chofio ei manars ddigon i ddweud diolch, cyn gwthio ei ffordd trwy'r drws i Ward Nyfain.

Aeth hi ddim yn bell cyn cael stop.

"Alla i'ch helpu chi? Ydach chi'n next of kin i rywun ar y ward yma?"

"Ymmm, dwi yma i weld..." edrychodd Leia ar y ddraig o nyrs a safai o'i blaen a cheisio penderfynu faint o gelwydd i'w ddweud.

"Leia!" Cyn iddi orfod dweud gair o'i phen daeth Sam i'r golwg o un o'r stafelloedd.

"Efo fi mae hi," meddai Sam wrth y ddraig, ac wrth glywed y geiriau teimlodd Leia ei chorff yn cynhesu o'i chorun i'w sawdl.

"Ydy hi'n chwaer i chdi? Os 'di ddim yn next of kin cheith hi ddim bod yma. End of discussion."

Edrychodd Leia ar Sam. Roedd o'n gwisgo crys-t glas golau oedd yn gwneud i'w lygaid tywyll edrych yn dywyllach fyth, ac roedd o'n dal yn ei drowsus carate ers y diwrnod cynt. Edrychai fel petai wedi cysgu mewn cwpwrdd.

"Nadi, ond..."

"Ond dim byd sori. Cheith rhywun-rywun ddim dod i'r ward neu mi fasa hi fel ffair yma. Fedrwch chi gael sgwrs yn y stafell aros os leciwch chi ond chei di ddim dod i mewn." A gyda hynny gafaelodd yn nrws y ward a'i ddal ar agor gan aros i Leia gerdded trwyddo.

Edrychodd Leia ar Sam cyn troi a cherdded allan trwy'r drws ac yntau ar ei hôl.

"Sori, Lei. Ddylswn i fod wedi tsiecio cyn i chdi ddod yr holl ffordd. Alla i ddim siarad yn hir, dwi'm isio gadael Dad." Rhwbiodd Sam ei war wrth edrych arni. Roedd pob rhan o'i chorff eisiau gafael amdano.

"Dim ots. Sut mae o?"

Eisteddodd y ddau drws nesaf i'w gilydd ar y cadeiriau plastig oren.

"Mae o mewn coma. Ond mae o'n stable. Dydyn nhw ddim yn gwbod eto."

Agorodd drysau'r ward a daeth dynes smart heibio yn cario clipfwrdd. Arhosodd y ddau nes bod sŵn ei sodlau wedi tewi ar waelod y coridor.

"Be ddigwyddodd?"

Gwthiodd Sam ei fodiau i'w lygaid cyn ateb.

"Ddaeth 'na gar o nunlle i'w ochr o. Ochr y dreifar. Jyst colli rheolaeth mae'n debyg, o be mae eye-witnesses wedi'i ddeud. Ma'r boi yna yn sbyty 'fyd, ond mae o'n effro. Doedd o ddim 'di yfad na dim byd felly. Fault yn y car, ma siŵr. Sa neb yn gallu blydi trwsio dim byd yn iawn dyddia 'ma."

Edrychodd Leia ar ei choesau drws nesaf i goesau hirion Sam. Ceisiodd feddwl am rywbeth i'w ddweud. Roedd hi'n benderfynol nad oedd hi am ddweud 'fydd o'n iawn' achos doedd hi ddim yn gwybod hynny, felly allai hi ddim dweud hynny. Doedd 'na dim byd gwaeth na phobl yn dweud 'fydd bob dim yn iawn' pan doedd ganddyn nhw ddim affliw o syniad a oedd pethau am fod yn iawn ai peidio.

Edrychodd trwy'r ffenest cyn troi'n ôl ato a dweud, "Siarad efo fo, Sam. Siarad efo fo, rhag ofn fod o'n gallu dy glywad di."

Nodiodd Sam ond roedd wedi troi ei olygon yn ôl at y ward yn barod.

"Well i fi fynd yn ôl."

Trodd i edrych arni. "Diolch am ddod, Lei. Dwi, dwi'm, dwi isio siarad ond..."

Gwnâi Leia unrhyw beth iddo orffen y frawddeg ond ysgydwodd ei phen.

"Mae'n iawn. Dos. Dwi'n dallt. Tecstia fi os tisio unrhyw beth."

"O, Sam," meddai, a chyn iddo fynd yn ôl i mewn i'r ward rhoddodd fag plastig iddo. Cymerodd Sam y bag a nodio cyn troi a diflannu i Ward Nyfain heibio i'r ddraig.

Eisteddodd Leia'n ôl i lawr ar un o'r cadeiriau oren a syllu ar y llawr. Mewn coma. Shit. Shit. Shit. A hithau wedi dod â Mars Bars, bananas a Lucozade oren.

"Fuoch chi ddim yn hir?"

Daeth Miall Huws allan o'r tŷ bach a dod draw, gan eistedd ar un o'r seddi oren plastig caled dros ffordd i Leia.

"Sut mae o?"

"Ddim yn dda," atebodd Leia. "Poeni am ei dad. Yn amlwg. Dwi'm yn meddwl fod o wedi cysgu dim neithiwr. Ma siŵr fod o..." Cododd ei golygon i edrych ar Miall a sylweddoli ei chamgymeriad.

"O, Meical." Cliriodd ei llwnc. "Ddim yn dda. Mae o mewn coma."

"O'r nefoedd," meddai Miall, gan dynnu ei gap stabl

a rhedeg ei law trwy ei wallt. "Sam, druan. Mae'n siŵr ei fod wedi cael coblyn o sioc. A Miriam druan wedi mynd o flaen ei hamser hefyd."

Synnodd Leia o glywed Miall yn dweud enw mam Sam.

"Roedd gen i feddwl mawr o Miriam," aeth Miall yn ei flaen, wrth weld yr olwg syn ar wyneb Leia. "Mi fyddai wastad mor barod ei chymwynas. Roedd Nerys a hithau'n dipyn o ffrindiau, er y basa Nerys wedi bod yn ddigon hen i fod yn fam iddi a deud y gwir."

Allai Leia ddim dilyn trywydd y sgwrs erbyn hyn.

"Nerys?"

"O, sori," meddai Miall gan godi ei law. "Dwi'n mwydro heb gyd-destun. Fy ngwraig i oedd Nerys. Mi fu farw bum mlynedd yn ôl. Roedd Miriam a hithau'n dipyn o ffrindiau. Mynd i'r un clwb darllen ac yn helpu yn y banc bwyd efo'i gilydd a ballu. Mi fyddai Miriam yn galw acw am banad weithiau, ac roedd hi wastad mor wyneb-lawen. Sam druan."

Doedd Leia ddim yn siŵr beth i'w ddweud. Ystyriodd y berthynas hon, mor annhebygol iddi hi, ond eto, pam y basa hi'n gwybod bod gwraig Miall Huws a mam Sam yn ffrindiau? Mae'n siŵr bod cannoedd, os nad miloedd o berthnasau a chyfeillgarwch yn Llanfechan na wyddai hi amdanyn nhw.

Rhoddodd ei gewin yn ei cheg a cheisio meddwl – tasa

rhywun yn rhannu pethau'n deg, neu'n ôl canran, sawl cyfeillgarwch felly y dyliai hi ei gael?

"Pam bo' chi yn sbyty?"

"O, wedi galw i weld Caradog ydw i. Tydy o ddim yn dda. Oeddech chi ddim wedi clywed?"

Caradog. Cymerodd eiliad neu ddwy i Leia roi wyneb i'r enw. Caradog. Y dyn clên yn y Clwb Bridge a'r Clwb Arlunio.

"Be sy? Ydy o'n iawn?"

"Duwcs, pam na ddowch chi efo fi i'w weld o? A chithau yma. Mi fasa wrth ei fodd yn eich gweld chi. Yn cychwyn ato oeddwn i pan weles i chi wrth y fynedfa gynna."

Wrth ei fodd yn ei gweld hi? Allai Leia ddim dychmygu y byddai unrhyw un wrth ei fodd yn ei gweld hi ond mi oedd hi wedi dod yr holl ffordd i weld claf a heb weld yr un eto.

"Ia, iawn. Lead the way, syr."

Dilynodd Miall ar hyd y coridor, a thaflu golwg trwy'r gwydr petryal ar ddrysau'r wardiau wrth basio, gan gael cip ar un darn o jig-so sawl bywyd. Y darn y byddai'n well gan y perchennog ei golli o dan y carped neu lawr cefn y soffa.

"Dyma fo. Wedi cael trawiad fach ar y galon mae o, cofiwch, ond wrth gwrs mae o'n ymddwyn fel petai wedi ei lusgo i'r sbyty ar ôl gwneud dim mwy na thorri gwynt!"

I mewn â nhw, a synnodd Leia o weld pa mor fach oedd Caradog yn edrych yn y gwely. Fel plentyn bron â bod.

"Leia! Wel, dyma beth ydy syrpréis!" Roedd llais Caradog fel plentyn hefyd, yn sionc ac yn llawn direidi.

"Wedi dod i weld tad Sam wyt ti mae'n siŵr, ia?"

Trodd Leia i edrych ar Miall a wenodd wrth ddweud, "Tydy hwn yn methu dim!"

Sut oedd Caradog wedi gweithio honna allan? Sut wyddai o y byddai Leia wedi dod i weld Sam? Ceisiodd Leia gofio oedd hi wedi sôn am Sam wrtho, ond go brin. Roedd ei chyfrinachau'n cael eu cadw ym mhoced ôl ei chalon y dyddiau hyn, bron nes ei bod hi'n anghofio eu bod nhw yno o gwbl.

"Ia, ond ches i ddim mynd i mewn. Sut ydach chi, beth bynnag? Heart-attack o'n i'n clywed?"

"Mini heart-attack," meddai Caradog ar amrantiad, "a be ydy hynny, beth bynnag? Mi faswn yn betio fy mhunt olaf bod sawl un sy'n gweithio yn Cyngor dre 'cw yn profi llawer gwaeth ar ôl cael un espresso yn ormod."

Gwenodd Miall yn annwyl, a daeth Leia i'r casgliad mai ffrindiau oedden nhw. Mae'n rhaid eu bod nhw tua'r un oed. Yn sydyn teimlai'n chwithig ei bod wedi dod o gwbl, ac yn waglaw.

"Wel, gobeithio byddwch chi'n well yn fuan. Mi fydd

Ryan yn siomedig iawn os na fyddwch chi yno i sgetsio ei ben ôl o wythnos nesa."

Roedd y geiriau wedi deillio o nerfusrwydd ond roedden nhw jyst be oedd Caradog angen ei glywed. Chwarddodd o'i fol, nes fod Miall wedi gorfod ymuno yn y chwerthin hyd yn oed, er bod golwg ddryslyd iawn ar ei wyneb.

"Rhaid i fi fynd," meddai Leia yn chwithig, wrth godi, yn teimlo fel petai'n mygu mwya sydyn.

"Cyn i ti fynd, Leia," meddai Caradog, gan roi ei hen law feddal ar ei llaw, "fasa ti'n gwneud ffafr i mi tybad?"

Roedd pen Leia'n troi ar ôl y dyddiau diwethaf, ond allai hi ddim gwrthod gwrando ar ei gais. Edrychodd arno ac aros.

"Mae yna blanhigion acw fydd yn marw heb i rywun eu dyfrio. Tybed fasa ti'n ddigon caredig ag achub selaginella hen ŵr rhag sychder?"

Heb feddwl cododd Leia ei golygon i edrych ar Miall, cystal â dweud 'fedrith hwn ddim gwneud?' ond roedd gan Caradog ateb parod.

"Ma Miall yn gwneud digon i mi fel mae hi, a beth bynnag, fasa ganddo ddim syniad, mi fasa wedi boddi nhw i gyd cyn i mi ddod adra o'r diawl lle 'ma. Fedri di fynd ar Google i weld faint o ddŵr mae bob un isio, medri? Neu ma 'na app."

Edrychodd Leia ar ei ddwylo, y dwylo oedd wedi dweud

'hitia befo' wrthi ar ôl i Jane wneud hwyl am ei phen hi o flaen pawb am gau'r cyrtans i'r Clwb Bridge. Mi allai sbario deg munud i roi dŵr i ryw blanhigyn siawns?

"Ia, ia medraf, dim problem."

Gwenodd Caradog wên fach fodlon a throi at ei gwpwrdd ochr gwely i estyn goriad bach arian, a'i osod yn swat yng nghledr llaw Leia.

"Diolch, 'mach i. 7 Stryd y Capel. 'Mond tan dwi adra."

19

"Ydan ni ddim braidd yn hen i chwarae Spin the Bottle?!" holodd Gwenno, oedd dal yn flin bod Trystan wedi gwadd y criw i gyd draw heno a hithau wedi gobeithio y byddai'r ddau ohonyn nhw wedi cael noson ar y soffa efo'i gilydd.

"Be sy, Gwens? Ti ofn?" heriodd Erin, cyn eistedd fel teiliwr a phwyso mlaen i droelli'r botel fodca wag.

"Nadw, dwi ddim ofn," atebodd Gwenno'n biwis. "Ond dwi obviously ddim yn mynd i fynd efo neb heblaw am Tryst, nadw?"

Ers iddi ddechrau mynd efo Trystan ar ddiwedd Blwyddyn 9 roedd Gwenno'n gweld antics gweddill y criw yn ddiflas ar adegau, ond doedd fiw iddi ddangos hynny.

"Kiss neu dare 'dan ni'n chwarae, so fydd raid i chdi ddewis dare bydd. C'mon, 'ta!" atebodd Erin gan dynnu ar ddwylo Garmon a Sam nes eu bod yn eistedd naill ochr iddi. "Lle ma Lei?" holodd, wrth sganio'r stafell am ei ffrind pennaf.

"Fama, jyst 'di bod yn toilet," meddai Leia, gan asesu'r olygfa o'i blaen. "Be 'dan ni'n neud, ouija board?" gofynnodd, wrth wasgu ei hun i mewn rhwng Erin a Garmon, cyn sylwi ar y botel yn y canol. "Ooo be, Spin the Bottle?! Siriysli?"

"Na kiss neu dare, yparyntli," meddai Garmon, gan edrych o'i gwmpas yn obeithiol a chymryd swig o'r botel fodca lawn oedd yn cael ei phasio o gwmpas y cylch.

"Iawn, a' i gynta," meddai, wrth basio'r fodca i Erin a throelli'r botel a ddaeth i stop o flaen Huw.

"Wel, dwi no we yn snogio ffocin Huw!" Daeth ffrwydriad o chwerthin o'r cylch. "Dare! 'Na i neud dare!"

"Ocê, 'ta..." meddai Erin, gan rwbio ei dwylo'n erbyn ei gilydd fel petai'n cynllunio rhywbeth dieflig.

"Derio chdi i fynd i llofft mam Trystan a dwyn pâr o'i nics hi!"

"Erin! Na!" meddai Gwenno cyn i Trystan gael cyfle. "Ma hynna'n afiach!" Roedd ambell un o'r hogiau yn piffian chwerthin ond ar y cyfan roedd hi'n ddigon amlwg bod y mwyafrif yn gytûn bod hynna'n mynd rhy bell.

"Jyst jôc!" ategodd Erin yn sydyn, wrth sylwi ar yr ymateb, ac yn awyddus i barhau â'r gêm. "God, dach chi mor siriys! Ocê, 'ta..." edrychodd ar Garmon a rhoi cynnig arall arni. "Derio chdi i yfad potal o chilli sauce!"

"O, Erin!" meddai Gwenno eto, yn methu brathu ei thafod.

"O Erin be?!" atebodd Erin yn swta. "Dare ydy o, Gwenno. Dio'm i fod yn wbath ti isio neud, nadi?! Lighten up, fuck sakes."

Trodd Gwenno i edrych ar Trystan am gefnogaeth ond roedd ei chariad yn osgoi ei llygaid; doedd arno ddim awydd cael ei dynnu i mewn i unrhyw beth. Gwyddai ei fod wedi pechu yn barod heno wrth gynnal y parti yn y lle cyntaf.

Erbyn hynny roedd Huw wedi picio i'r gegin ac wedi dychwelyd gyda photel fach o Tabasco.

"Mond hwn sy 'ma, neith o'r tro?"

"Gneith, tad," atebodd Erin, gan gipio'r botel fach o'i law a'i phasio i Garmon. "Bottoms up, Garmon!"

"O god," meddai hwnnw, cyn cau ei lygaid a thollti'r hylif coch lawr ei gorn gwddw.

"Garmon! Garmon! Garmon!" meddai'r criw fel un, yn ei annog i yfed y cwbl, heblaw am Gwenno oedd yn hanner cyfogi wrth ei wylio ac yn gorfod troi i edrych y ffordd arall.

"O god, ma hynna'n afiach," meddai Sam, gan edrych ar Leia.

Chwarddodd hithau gan daflu ei phen yn ôl, y fodca yn llifo'n gynnes trwy ei chorff. A hwythau ar ddechrau Blwyddyn 11 roedd popeth yn teimlo'n bosib. Dim ond eleni eto a mi fyddan nhw yn y Chweched wedyn; roedd trydan yn yr aer, gallai unrhyw beth ddigwydd.

Roedd Garmon wedi cadw ei lygaid ar gau ar y dechrau ond pan agorodd nhw roedd y ddwy mor goch â'r Tabasco. Ar ôl gwagio'r botel cododd Garmon ei freichiau yn uchel yn yr awyr mewn gorfoledd, cyn codi a rhedeg allan i'r ardd i chwydu yn ffyrnig.

"Iawn, pwy sy nesa?" holodd Erin, gan edrych i lygaid pawb yn y cylch a theimlo'r pŵer oedd ganddi drostynt. Hi oedd wedi meddwl am y gêm, felly hi oedd yn gwneud y rheolau. Gwyddai na fyddai neb yn ei herio.

"Neb? God, dach chi'n boring! A' i 'ta!" a gyda hynny rhoddodd dro cyflym i'r botel. Ar ôl iddi droi dair, bedair gwaith, arafodd a dod i stop o flaen Sam.

Bron heb iddyn nhw sylwi eu bod wedi gwneud, edrychodd Leia a Sam ar ei gilydd am hanner eiliad.

"Ymmmmm, dwi'm ffansi yfed potel o Tabasco sooooo, kiss," meddai Erin, mewn llais ffug-ddiniwed.

Edrychai Sam yn anghyfforddus ond ddywedodd o ddim byd. Trodd Erin i'w wynebu, caeodd ei llygaid a phwyso ymlaen gan aros i'w gwefusau gyffwrdd. Pan ddaeth yn amlwg nad oedd ganddo unrhyw ddewis ond gwneud fel oedd Erin yn ei ddweud, caeodd Sam ei lygaid hefyd, a chusanodd y ddau. Fel petai rhywun wedi pwyso Pause, roedd pawb arall yn y stafell yn gwbl lonydd, neb yn rhy siŵr lle i sbio, pawb yn ciledrych am ymateb Leia.

Gwyddai pawb fod rhywbeth rhwng Sam a Leia. Doedd neb yn siŵr beth oedd y rhywbeth hwnnw, ond roedd yn amlwg i bawb o fod yng nghwmni'r ddau eu bod yn fwy na ffrindiau, er eu bod yn mynnu dadlau'n ddu las i'r gwrthwyneb.

Bu'n rhaid i Leia ddefnyddio pob owns o hunanreolaeth i beidio ymateb wrth i'w ffrind pennaf gusanu Sam. Greddf ei chorff oedd gwyro mlaen, gafael yng ngwallt hir melyn Erin a'i dynnu'n ôl gyda gymaint o nerth ag y gallai. Ond wnaeth hi ddim. Doedd ganddi ddim hawl ar Sam. Doedd dim wedi digwydd rhyngddynt. Dim wedi cael ei ddweud.

"Www ocê, ocê, get a room!" meddai Huw yn y diwedd, gan droi'r botel fodca er mwyn dod â'r gusan i ben. Roedd o ac Erin wedi dawnsio dawns eu hunain ers blynyddoedd hefyd, ac roedd Huw yn sicr mai pwrpas y gusan yna oedd ei gynddeiriogi fo.

Trodd y botel wag cyn dod i stop wrth Leia. Edrychodd Huw arni, ac wrth i'w llygaid gwrdd gwyddai'r ddau y byddai cusan rhyngddynt yr un mor wenwynig.

"Wps, sori Huw, angen piso eto, fydd rhaid iddi fod yn dare, sori!" meddai Leia, gan geisio swnio mor ffwrdd â hi â phosib, cyn codi a cheisio ei brasgamu hi am y tŷ bach. Wrth iddi ddiflannu fyny'r grisiau gallai glywed sŵn gweiddi a chwerthin mawr. Duw a ŵyr beth fyddai Erin wedi'i roi yn her i Huw druan.

Caeodd ddrws y toiled ac eistedd ar lawr, ei chefn yn erbyn y drws, ei chalon yn curo'n galed. Gwelai'r gusan eto ac eto yn ei meddwl. Pam fyddai Erin wedi gwneud hynna? Er nad oedd Leia wedi dweud sut oedd hi'n teimlo am Sam, roedd Erin yn gwybod yn iawn. Roedd hi'n gwybod. Pam fyddai hi eisiau brifo Leia fel yna? 'Ta gwylltio Huw oedd y bwriad a jyst digwydd bod mai Sam oedd o flaen y botel?

Ymhen eiliadau daeth cnoc ysgafn ar y drws. Doedd gan Leia ddim mynedd siarad efo neb erbyn hyn. Roedd hi'n hanner meddwl sleifio allan a diflannu am adref.

"Lei?" Sam.

Yn araf, cododd a throi i wynebu'r drws. Beth fyddai ganddo fo i'w ddweud?

Llithrodd y follt fach aur i'r ochr ac agor y drws. Dyna lle'r oedd Sam yn sefyll, mor agos ag oedd modd sefyll at y drws.

Edrychodd Leia arno ac aros iddo ddweud rhywbeth. Doedd hi'n bendant ddim am wneud hyn dim haws iddo.

"Ym, oedd hynna bach yn weird, oedd?" meddai Sam, gan godi ei law i rwbio ei war. "Dwi'n meddwl bod Erin braidd yn smashed. Ti'n ocê?"

Ti'n ocê?! Edrychodd Leia arno. Oedd o'n gwybod sut oedd hi'n teimlo amdano, ond wedi cusanu Erin beth bynnag? Roedd hynny'n waeth na'i fod o heb syniad sut oedd Leia'n teimlo amdano go iawn.

Teimlodd ei stumog yn troi'n gwlwm mawr, caled.

"Yndw, dwi'n fine. Dwi'n meddwl bod gan Garmon bach o MDMA. Ti ffansi? Dwi am. Anything goes ia, Sam?"

A gyda hynny gwthiodd heibio iddo a chychwyn lawr y grisiau.

"Lei," meddai Sam, mewn un ymgais arall i wneud yn iawn am yr hyn oedd newydd ddigwydd.

Ond aeth Leia yn ei blaen gan gymryd arni nad oedd wedi clywed, neu efallai na chlywodd hi o gwbl.

20

Roedd pethau wedi tawelu fymryn yn y siop erbyn hyn, gyda thwristiaid yr haf wedi dychwelyd am adref, a'r beicwyr tywydd teg lleol hefyd wedi rhoi eu beics dan glo yn y sied tan y gwanwyn nesaf. Criwiau o'r ysgol, ychydig o logi a thipyn o drwsio ar feics beicwyr go iawn oedd ar y cardiau'r dyddiau hyn, ac roedd Sam yn hiraethu am y prysurdeb wrth i Elis ddechrau ar stori arall.

"Dwi 'di clywed storis mental, sti, Sam. Am bobol sy'n treulio fatha hanner eu bywyd mewn coma 'de, a wedyn jyst yn deffro un diwrnod a ma bob dim 'di newid. Fodan nhw 'di priodi rhywun arall, plant nhw 'di troi o fod yn todlars efo potal o lefrith i fod yn propio bar i fyny yn Wethers, politics 'di newid, jyst bob un dim."

Gwyrodd Sam yn is i tsiecio'r pedalau, gan feddwl tybed faint oedd tan ginio.

"Imajinia hynna, ti 'di priodi a efo teulu a bob dim, a wedyn ti'n deffro a ma pawb 'di hollol symud ymlaen ond ti jyst 'di bod yn gorfadd ar dy gefn yn hosbital am tua fforti iyrs. Sa'n hed ffyc, basa?"

Cododd y ddau law ar Rhiannon wrth iddi basio ar gefn Sandy.

"Ond meddwl am rywun fel Rhiannon," meddai Sam yn sydyn. "Ma hi wedi colli ei gŵr ers be, ugain mlynedd? Pryd fuodd dy Yncl Richard di farw? A ma hi wedi gorfod byw yr holl amser yna hebddo fo. Bob un diwrnod, heb y person oedd hi wedi dewis treulio ei bywyd efo fo. Ti'm yn meddwl sa hynna'n waeth?"

Pwysodd Elis yn erbyn y wal a rhwbio ei fymryn o farf.

"Ew, 'na chdi gwestiwn, mêt. 'Na chdi gwestiwn. A' i neud panad."

Ac i ffwrdd â fo am y swyddfa, yn mwmial siarad dan ei wynt wrth fynd, yn dal i bendroni pa sefyllfa fyddai waethaf.

Taflodd Sam gip dros ei ysgwydd; chwarter i hanner. Mi fyddai'n picio adra toc i wneud cinio i'w dad ac i tsiecio os oedd o angen unrhyw beth.

Rhyfedd sut mae patrwm bywyd rhywun yn gallu newid mor sydyn. Ers i'w dad ddod adref roedd Sam wedi troi yn ofalwr dros nos, yn paratoi pob pryd ar ei gyfer, yn sicrhau ei fod yn cymryd y tabledi iawn ar yr amser iawn, ac yn treulio hanner ei amser ar y ffôn gyda'r ysbyty yn trefnu apwyntiadau ar gyfer ffisiotherapi, i weld niwrolegydd a chant a mil o bethau eraill.

Teimlodd fflach o euogrwydd wrth feddwl am ei holl

gyfrifoldebau gofalu. Roedd y rhyddhad a deimlodd pan agorodd ei dad ei lygaid a gofyn am ddiod o ddŵr yn aruthrol, ond dim nes iddo dorri'r newydd wrth Leia roedd o wedi sylwi faint yn union roedd o wedi poeni, a beth oedd wedi bod yn mynd trwy ei feddwl go iawn.

Sefyll tu allan i'r ysbyty oedden nhw. Gallai Sam ddweud o'r ffordd roedd hi'n sefyll bod Leia'n cael smôc. Roedd y smôc yn ei llaw dde, fel arfer, ac roedd ei braich chwith ar draws ei chorff, un o'i choesau wedi plygu mymryn, a hithau'n pwyso'n ôl yn erbyn y ffenestr fawr wydr, ei chyrls yn cael eu gwasgu.

Roedd hi wedi galw rhyw ben bob dydd ers i Meical fynd i mewn, gan ddod â gwahanol ddiodydd a snacs efo hi bob tro. Weithiau byddai'r ddau yn sgwrsio, weithiau dim ond yn eistedd ochr yn ochr yn y stafell aros am ychydig. Un diwrnod roedd Leia wedi cynnig un o'i chlustffonau iddo, ac roedd y ddau wedi eistedd yno, yn gwrando ar Nick Drake am chwarter awr, yng nghanol prysurdeb yr ysbyty, wedi dianc i rywle arall yn llwyr.

Trodd i edrych arno trwy'r gwydr cyn iddo ei chyrraedd, fel petai wedi synhwyro ei bresenoldeb. Diffoddodd ei smôc a throi ato.

"Ydy o 'di deffro?" Roedd hi wastad wedi medru darllen ei wyneb.

A phan na ddaeth unrhyw eiriau, nodiodd Sam.

Ond roedd Leia fel petai'n gwybod beth i'w wneud, a

gafaelodd amdano yn dynn, dynn a mwytho ei war, gan sibrwd dan ei gwynt, "O, diolch byth. O, diolch byth. O mai god. Diolch byth, Sam."

Disgynnodd y dagrau ac am unwaith doedd dim ots ganddo. Gadawodd i bwysau a thensiwn a phryder y naw diwrnod a'r blynyddoedd diwethaf ddisgyn yn ddafnau trwm ar lawr, a'u gwylio yn cymysgu gyda'r stwmp sigarét.

Doedd Leia ddim wedi galw ers hynny, dim ond tecstio, ond yr eiliad honno, bron fel petai wedi clywed ei feddyliau, ymddangosodd o'i flaen.

"Wow, watsia ganolbwyntio gormod a chwthu brain cell!"

Chwarddodd, a theimlo'i wyneb yn llacio.

"Haia, Lei. O'n i'n mynd i decstio chdi." Cododd Sam a sychu ei ddwylo ar gadach oedd eisoes yn ddu.

"Meddwl os fasa chdi..."

"Helô helô helô!" meddai Elis fatha plisman drama, wrth ailymddangos efo dwy baned. Sodrodd un yn nwylo Sam.

"Iawn, Leia? Ers dalwm. Sut wyt ti? Sut ma petha'n mynd efo'r, wel, you know what?"

Cododd Leia un o'i haeliau a gwenu ar Elis. "Y community service? Ma'n iawn, ti yn cael deud hynna, sti, dio ddim fatha deud enw Voldemort. A acshyli, ti'n gwbod be, dio ddim rhy ddrwg. Dwi 'di dechra, dwm'bo, dod i rwtîn y lle rŵan am wn i."

Doedd Sam ddim wedi dweud wrthi ond roedd o wedi gweld newid yn Leia yn ddiweddar. Roedd hi fel petai llai o bwysau'r byd ar ei sgwyddau. Roedd hi wedi dechrau gwenu efo'i llygaid eto.

"O iawn, iawn, mêt! Da 'de! Yndê, Sam? A ti'n cadw trefn ar hwn, wyt, ar noson carate? Dipyn o foi yndi, rhen Sam 'ma. Watch out, mae Mr Black Belt yn dod!"

Ar hyn trodd Leia a Sam i edrych ar Elis, ac am unwaith, llwyddodd i ddehongli teimladau rhywun tu hwnt iddo fo'i hun.

"Ia, ta waeth, places to go, people to see! Neis dy weld di, Leia!" meddai, cyn troi ar ei sawdl a dychwelyd i'r swyddfa wag i edrych ar fideos o bobl yn cyflawni campau hurt ar YouTube wrth yfed ei baned.

Gwenodd Leia a Sam ar ei gilydd, gan ysgwyd eu pennau.

"Sut ma Meical?" holodd Leia. A sylwodd Sam ei bod hi wastad yn ei alw wrth ei enw.

"Gwella. Yn slo bach, diolch. Mae o ar lwyth o dabledi, ac yn gorfod mynd i gael llwyth o check-ups a ballu ond mae o'n falch o fod adra 'de. Mae o'n ocê."

Nodiodd Leia. Doedd hi ddim wedi meddwl ddim pellach na hynny ac allai hi ddim meddwl beth arall i'w ddweud na'i ofyn nesaf. Roedd damwain Meical wedi bod yn bont rhwng y ddau, yn ganolbwynt y tu hwnt iddyn nhw a'u teimladau.

"Ia, o'n i'n mynd i decstio chdi," meddai Sam yn sydyn i dorri'r tawelwch. "Ti ffansi dod draw am swpar? Jyst sort of i ddeud diolch o'n i'n meddwl, am yr holl Mars Bars a'r Lucozade. Alla i ddim mynd â chdi allan am swpar, sori, achos raid i fi fod adra efo Dad. Ond yn ei wely mae o, so sa ni'n cael llonydd. Ia, i fwyta 'de."

Cochodd Sam wrth faglu dros ei eiriau, ond wrth godi ei olygon sylwodd fod gwrid goch ar fochau Leia hefyd.

"Ia, sa hynna'n neis. Diolch."

Ar ôl hynny o eiriau doedd gan yr un o'r ddau ragor i'w ddweud, felly cododd Leia ei llaw cyn ychwanegu, "Ocê, grêt, edrach ymlaen, wela i di adag hynny 'lly." Ond cyn diflannu rownd y gornel trodd yn ôl a gofyn, "O, sori, pryd mae hyn?!" a chwarddodd y ddau. Y tensiwn wedi llacio mwya sydyn, fel petai'r tsiaen wedi torri yn ddirybudd.

"Nos Wenar yn iawn?" gofynnodd Sam, gan ddechrau pendroni beth ar wyneb y ddaear fyddai'n ei goginio.

"Nos Wenar. Iep. Fydda i yna." Ac wrth iddi droi am y stryd fawr gwelodd Sam y wên oedd ar ei hwyneb, a gwenodd yntau.

21

Sganiodd Leia'r silffoedd, yn mwynhau'n arw y cyfle i weld beth oedd cynnwys oergell rhywun arall. Doedd dim byd rhy gyffrous yn fan hyn chwaith. Lot o brydau cartref parod mewn bocsys tryloyw, potel fechan o lefrith, paced o gaws, menyn go iawn, ffa coffi ac un bar bach o siocled tywyll.

Caeodd y drws a throi i ychwanegu'r llefrith i'r te. Dim ond diferyn iddi hi ond joch dda i Caradog. Gwyddai erbyn hyn sut oedd o'n hoffi ei de, a byddai'n tynnu ei goes wrth ddweud bod ei ysgytlaeth blas te yn barod.

Wrth iddi roi'r llefrith yn ôl ar y silff daeth ei lais o'r stafell fyw.

"Ma 'na gacen yn un o'r bocsys yn y ffrij. Ty'd â tamaid bob un i ni."

Felly agorodd Leia'r drws unwaith eto ac edrych ar y bocsys. Gafaelodd yn y bocs agosaf ati a chodi'r caead cyn rhoi sgrech dros y tŷ.

"Leia? Popeth yn iawn?"

“Be ffwc?!” Rhedodd Leia i’r stafell fyw a syllu ar Caradog.

“Ma ’na grwban yn y ffrij!”

“Ooo, rargian, a finnau’n meddwl bod rhywbeth mawr o’i le,” meddai Caradog gan wenu. “Castro ydy hwnna. Mae o’n cysgu.”

Aeth Leia yn ôl i’r gegin ac edrych eto ar y crwban yn y bocs plastig. Roedd o’n edrych yn farw iddi hi, ond be wyddai hi am grwbanod? Rhoddodd y caead yn ôl yn ofalus a’i roi’n ôl yn y ffrij cyn cau’r drws, ac unrhyw awydd am gacen wedi diflannu.

“Ymmm, pam bo’ chi’n cadw’ch crwban yn y ffrij, drws nesa i’r caws?! Ma hynna’n weird,” meddai, gan basio paned wannaf y ganrif i Caradog.

“Wel, tydw i newydd ddeud, hogan. Mae o’n cysgu yno dros y gaeaf. Ma rhai crwbanod, fel Castro, angen bod mewn lle oer i wneud hynny, a’r ffrij ydy’r peth gora sgin i i’r cradur. Ta waeth. Diolch ti am y banad,” meddai, gan gymryd sip fawr ohoni a chodi’r flanced dros ei goesau.

“Sut dach chi’n teimlo heddiw?” gofynnodd Leia, wrth eistedd ar y gadair freichiau gyferbyn, a chymryd sip o’i phaned hithau, gan fethu peidio â phendroni a fyddai aroglau Castro yn mynd ar weddill bwyd y ffrij, neu a fyddai’r crwban yn amsugno arogleuon, a’i fod bellach yn arogli fel ffa coffi o Beriw, neu gaws Llŷn.

"Fedra i ddim cwyno, cofia," meddai Caradog yn bwyllog. "Fedra i ddim cwyno."

"Wel, mi fedrwch chi os dach chi isio," atebodd Leia. "Dach chi wedi cael heart-attack so mae'n ocê os dach chi isio cwyno."

"Mini heart-attack, diolch yn fawr iawn. A na, tydw i ddim isio cwyno. Dwi'n iawn, dwi adra, tydw, diolch i chdi a Miall am addo cadw llygad arna i. Well na bod yn yr hen sbyty 'na – alla i ddim dioddef y blydi lle."

"A sut wyt ti, Leia?" holodd Caradog, oedd wastad yn hoff o droi'r sylw at rywun arall. "Sut ma pob dim efo chdi? Diolch i chdi eto am ddod i ddyfrio i mi tra o'n i mewn. Tydy'r selaginella erioed wedi edrych cystal!"

"Ym, dwi'n ocê," atebodd Leia, cyn penderfynu agor ei chalon ychydig bach mwy nag arfer. Roedd ganddi deimlad y byddai hen ŵr â chrwban yn ei ffrij yn un da am gadw cyfrinach. "Wel, dwi'n well na ocê acshyli. Dwi'n mynd am swper at rywun nos Wener. Dwi'n meddwl bod o fel dêt. Dwi'n meddwl."

Cododd ei thraed a'u plygu oddi tani fel petai'n ceisio gwneud ei hun yn llai. Roedd siarad amdani hi ei hun a'i theimladau wedi mynd yn deimlad diarth. Dros y flwyddyn ddiwethaf roedd cadw popeth i mewn wedi dod yn ail natur.

"Wel, dyna nos Wenar berffaith yntê! Y young man sy'n gwneud y bwyd i chi felly?" gofynnodd Caradog, heb enwi unrhyw enwau, er bod ganddo syniad reit dda pwy oedd y dyn ifanc dan sylw.

"Ym, ia, fo sydd am goginio."

"Dos di â phwdin efo chdi," meddai Caradog yn sydyn.

"Be?" gofynnodd Leia, oedd ddim wedi disgwyl unrhyw fath o gyngor ar arferion canlyn gan y gŵr gweddw.

"Fetia i na fydd o wedi meddwl am bwdin, ac mi fydd wrth ei fodd os ddoi di ag un efo chdi. Geith o beidio teimlo'n euog wedyn pan fydd o'n sylwi bod o wedi anghofio gwneud un."

Chwarddodd Leia ac ysgwyd ei phen.

"Dwi'n cofio dêt cyntaf Elenid a finnau," meddai, gan wenu uwch ei de. "Picnic oedd o, ym mharc y dref. Hi oedd wedi paratoi'r picnic a finnau wedi dod â'r flanced."

"Rhamantus iawn," meddai Leia. "Wnaethoch chi ddim dod â phwdin felly?"

"Leia fach, fi oedd y pwdin," meddai Caradog, cyn dechrau chwerthin lond ei fol dros y stafell. Bu ond y dim i Leia boeri'r te oedd yn ei cheg dros y stafell fyw hefyd.

Aeth Caradog yn ei flaen i sôn am Elenid, a setlodd Leia'n gyfforddus i wrando arno. Wedi ei magu ar fferm, yr unig ferch a dau frawd ganddi. Y tad a'r meibion yn ffermio a hithau'n gorfod helpu ei mam i gadw tŷ a bwydo pawb, er mai mynd yn athrawes oedd ei breuddwyd fawr. Ar ôl iddi hi a Caradog briodi a hithau adael cartref o'r diwedd, gan adael gwraig newydd ei brawd mawr gyda'r gwaith o fwydo'r gweithlu deirgwaith y dydd, cael llond tŷ o blant oedd breuddwyd newydd Elenid. Ond am ryw reswm doedd y freuddwyd honno ddim i fod. Felly, a hithau yn dri deg wyth, wedi cael digon ar gadw tŷ, ac wedi derbyn erbyn hynny na fyddai plant bellach, hyfforddodd i fod yn athrawes gynradd.

"Mae'n siŵr iddi ddysgu dy fam a dy dad, sti. Bydd rhaid i ti eu holi nhw. O, roedd hi'n athrawes hyfryd. Yn gwirioni ar y plant, fel tasa hi'n fam iddyn nhw ei hun, bob un ohonyn nhw. A nhwythau yn gwirioni arni hi. Roedd yna lot o hwyl i'w gael efo hi. Mi fasa hi wedi gwneud mam arbennig."

Edrychodd Leia arno a gweld y wawr ar ei wyneb. Mae'n siŵr fod yr hiraeth amdani yn ei lorio.

"Faint sydd yna ers iddi farw?" gofynnodd Leia yn sydyn, cyn difaru ei geiriau. "Sori, do'n i ddim yn trio gofyn hynna fel yna."

"Mae'n iawn, Leia fach," atebodd Caradog. "Mi aeth cyn ei hamser. Ma deuddeg mlynedd eleni ers iddi farw. A does 'na ddim diwrnod yn pasio heb i mi weld ei hisio hi, ond wyddost ti be...?"

Edrychodd Leia arno ac aros am weddill y frawddeg.

"Yn fwy na theimlo'n drist dwi'n teimlo'n lwcus, cofia. Mi briodon ni yn ugain oed, felly ges i bedwar deg wyth o flynyddoedd efo hi. Pedwar deg wyth o flynyddoedd efo'r person oedd yn gallu gwneud i mi chwerthin gyda dim ond edrychiad. Y person oedd yn gallu troi fy myd i ben i lawr mewn eiliad. Y person oeddwn i eisiau yno yn gafael yn fy llaw, waeth beth oedd wedi digwydd.

"Mi ges i bedwar deg ag wyth o flynyddoedd. Ma rhai pobol yn treulio oes gyfan yn chwilio am hynna a byth yn ei ffeindio fo."

Yfodd Leia ei phaned gan feddwl tybed oedd ei byd hithau ar fin cael ei droi ben i lawr.

22

Allai Leia ddim coelio ei chlustiau pan ddywedodd Sam, wrth i'r bws dynnu i mewn.

"Ma Huw yn sâl hefyd! Bỳg neu wbath. Dio'm yn dod chwaith." Roedd o'n darllen y neges ar ei ffôn felly allai Leia ddim gweld ei wyneb, ond teimlai'r ddau bwysau ystyr hyn wrth i'r bobl o'u cwmpas gamu ar y bws a ffeindio sedd.

"Be ti'n feddwl? Ti dal isio mynd?" gofynnodd Sam, gan droi at Leia a cheisio cadw ei lais yn niwtral.

"Wel, ti 'di prynu pegs yn sbesial, do, a sa'n bechod iddyn nhw beidio cael outing," meddai Leia, gan geisio swnio'n ddi-hid. "A dydy 'nhent i ddim 'di cael trip ers Steddfod dwytha so dwi'n meddwl sa hi reit pissed off tasa ni'n canslo rŵan," ychwanegodd, cyn difaru agor ei cheg. God, roedd hi'n swnio mor sad.

"Ia, ti'n iawn, tyrd, awê," meddai Sam, gan godi mwyafrif y bagiau a chamu ar y bws. Eisteddodd y ddau ar y sedd gefn ac ymlacio wrth i'r bws danio a dechrau cropian hyd lonydd y dref cyn troi ei drwyn am y wlad.

Roedd y trip campio wedi bod ar y gweill ers tro. Syniad Sam oedd o. Roedd o wrth ei fodd yn campio a wastad yn trio cael y criw i ddod efo fo ond bod pawb braidd yn anfoddog; roedd tŷ

Trystan yn wag mor aml gan fod ei fam yn nhŷ ei chariad, roedd hi'n haws gan bawb fynd i fan'no am noson a chysgu ar unrhyw wely neu soffa oedd ar gael.

Ond wrth i'r gwanwyn gyrraedd yn annaturiol o boeth, dechreuodd sawl un sôn am fynd i gampio i'r goedwig ger lan y môr Porth Llydan, oedd ychydig filltiroedd allan o'r dref.

"Allwn ni i gyd fynd i sgini-dipio!" meddai Erin dros ei choffi yn y cantîn wrth iddynt gynllunio'r wythnos flaenorol. Ond yna roedd salwch wedi pasio trwy'r Chweched fel tân gwyllt, a'r criw wedi disgyn fel dominos un ar ôl y llall, nes mai dim ond Sam a Leia oedd ar ôl.

"Ma siŵr na yn y sinema noson o blaen natho nhw i gyd ddal y bỳg," meddai Leia, gan gofio ei bod hi wedi aros adre'r noson honno, a Sam hefyd.

"Ia, ma'n rhaid," meddai Sam, cyn ychwanegu, "lwcus o'n i bron â mynd hefyd ond wedyn oedd Mam yn teimlo'n rili sâl so 'nes i aros adra efo hi munud ola... O leia fydd dim rhaid i ni gyd gael ein bosio o gwmpas gan Erin rŵan!"

Chwarddodd y ddau, wrth i rywun ddweud yr hyn roedd pawb yn ei deimlo ers tro, cyn i Leia deimlo fflam o deyrngarwch tuag at ei ffrind.

"Duw, ma Erin yn harmless, siŵr, jyst licio'r sylw ma hi, 'de."

"Hmmm," oedd yr unig beth oedd gan Sam i'w ddweud, gan fod ei olygon bellach wedi troi at y môr.

"'Dan ni yma. Ty'd!" A gyda hynny gwasgodd gloch y bws a chodi'r cit cyn cerdded yn ofalus i flaen y bws.

Roedd cerdded o'r lôn i ochr bella'r goedwig wedi cymryd mwy o amser na'r disgwyl, ac erbyn iddynt gyrraedd, ar ôl cario'r holl stwff bob cam, roedd y ddau wedi ymlâdd ac yn chwys doman.

"O mai god, fedra i'm coelio na dim ond mis Ebrill ydy hi," meddai Leia, gan dynnu ei threinyrs a'i sanau a gwthio ei thraed i'r tywod. "Dwi'n boiling."

"Dwi'n gwbod," meddai Sam, cyn ychwanegu, "newid ffocin hinsawdd," cyn pasio potel o seidr i Leia, ac estyn un arall iddo fo'i hun.

"Ti'n meddwl go iawn?" gofynnodd Leia, wrth geisio dod o hyd i beth agor potel yng ngwaelod ei bag.

"Yndw, bendant. Ma'r tymhorau'n newid rŵan. Ma pawb in denial a ma pobol hŷn especially jyst yn licio deud petha fel 'oeddan ni'n cael cyfnodau poeth fel hyn pan oeddan ni'n ifanc hefyd' ond ma'r tywydd acshyli yn newid. Ma'r data yn dangos ei fod o. Dyna dwi ffansi neud, sti, mynd i neud engineering a trio gwneud rhywbeth i helpu efo'r sefyllfa ffycd 'ma 'dan ni ynddi. Ma 'na gwrs da yn Leeds i fod."

Llwyddodd Leia i agor y botel o'r diwedd a llowcio cegaid o seidr oer wrth wrando. Byddai Sam yn siarad yn agored fel hyn weithiau pan mai dim ond y ddau ohonyn nhw oedd o gwmpas, a byddai hithau yn hapus i wrando a jyst bod yn ei gwmni.

"Engineering?" holodd. Doedd hi ddim wedi clywed amdano yn sôn am hyn o'r blaen. Rhywsut doedd y sgwrs am be'n union fyddai'r ddau yn ei wneud ar ôl y Chweched ddim wedi digwydd, ddim go iawn. Ond â'u hathrawon yn hwrjo prosbectws gwahanol brifysgolion arnyn nhw o bob cyfeiriad roedd pawb yn fwy ymwybodol o'r dyfodol yn sydyn iawn.

"Ia, a wedyn sbio mewn i stwff carbon capture," meddai Sam, gan dynnu ei grys-t a'i osod i hongian ar goeden ger llaw, ei gefn yn chwys doman ar ôl cario'r bag oedd yn llawn seidr a blociau rhew bob cam, yn ogystal â'r pebyll a'r stof.

Teimlai Leia yn ymwybodol o gorff Sam, ond ceisiodd ganolbwyntio ar ei eiriau yn hytrach na'i abs.

"Fatha be? Dwi'm yn gwbod lot am stwff fel'ma."

"Wel, ma 'na ymchwil 'ŵan i fewn i greu fel fferm wymon anferth allan ar y môr." Swigiodd Sam y seidr eto, a thynnu ei law trwy ei wallt oedd wedi tyfu'n sydyn ac yn gweiddi am siswrn. "Tasa chdi'n gallu gwneud rhywbeth fel'na ar sgêl enfawr sa fo'n gallu newid petha, dwi'n meddwl. Ma 'na gymaint o bosibiliadau efo engineering."

Ceisiodd Leia ddychmygu Sam mewn darlith ar beirianneg mewn prifysgol a gallai ei weld yn glir. Ceisiodd weld ei hun mewn lle tebyg ond doedd dim llun yn dod.

"Be amdana chdi?" Trodd i edrych arni, fel petai wedi darllen ei meddwl. "Sgin ti syniad be ti isio neud ar ôl yr ecsams?"

Cododd ei chyrls tywyll yn uchel ar dop ei phen a'u lapio'n belen cyn eu dal yn eu lle gyda band elastig lliwgar. Ei chas gwestiwn.

"Sgin i'm syniad, sti," atebodd Leia'n onest. "Dwi'n reit jelys o bobol sy'n gwbod be ma nw isio neud, a deud y gwir. Fatha Erin.

Ma hi'n gwbod ers iddi fod tua tair oed mai doctor ma hi am fod, a ti jyst yn gwbod neith hi hefyd, dwyt? Mae'n ddigon clyfar a ma rhieni hi'n loaded so mae'n siŵr o fynd yn ddoctor. Ma hi jyst yn gallu, fel, gweld y llwybr 'na o'i blaen."

"Ond ti ddim?" gofynnodd Sam, gan fwynhau cael Leia iddo fo'i hun, i gael cyfle i siarad am rywbeth go iawn am unwaith.

"Nadw. Dwi ddim. Oll dwi'n wbod ydy bo' fi isio mynd o'r dymp lle 'ma. Ma 'na fyd mawr allan yna a 'dan ni'n styc yn fama, yn blydi Llanfechan, yn troi mewn cylchoedd bach, bach efo llond tre o snobs a chavs. Dwi jyst isio mynd, sti. Mynd i rywle pell i ffwrdd o fama. Ond i neud be dwi ddim yn gwbod."

Syllodd Sam i'r pellter am eiliad cyn troi at Leia.

"Ti'm yn gorfod gwbod rŵan, nag wyt? Dwi'n cofio Taid yn deud pan oedd o'n wyth deg fod o dal ddim yn gwbod be oedd o isio neud efo'i fywyd!"

Chwarddodd y ddau am hynna yn eiliad, cyn i Sam ychwanegu, "Ond dydy fama bendant ddim yn ddymp." Roedd o'n edrych allan ar y môr disglair. "A ti bach yn heavy handed efo pobol Llan, ti'm yn meddwl? Ma pobol dre'n iawn, sti, Lei. Yn y bôn. Sa pobol Llan yn neud unrhyw beth i chdi." Yfodd swig o'i seidr cyn ychwanegu, "Takes all sorts."

Gwenodd Leia arno. Wrth gwrs y byddai Sam yn dweud hynna. Roedd o'n gweld y gorau ym mhawb, bob amser.

"Dwi. Yn. Chwilboeth," meddai, gan gofio ei bod yn gwisgo ei bicini o dan ei dillad. "Ti ffansi swim?"

A chyn aros am ateb, cododd, tynnu ei siorts denim a'i chryst pinc a cherdded am y môr. Edrychodd Sam arni'n mynd, edrychodd ar ei gwallt yn goron fawr o gyrls ar ei phen, ar ei gwddw hir, ei gwasg. Teimlodd ei hun yn poethi, a rhedodd i'r dŵr.

*

Bu'r ddau yn nofio am hir, yr haul wedi gwneud y dŵr yn annaturiol o gynnes a hithau ddim eto'n fis Mai. Ar ôl nofio allan at y bŵis gorweddodd y ddau yn ôl ar eu cefnau yn sbio ar yr awyr.

"Ti'n cofio ni'n gorfod neud hyn yn gwersi nofio ers dalwm?" gofynnodd Leia, yn mwynhau siarad efo Sam heb edrych arno.

"Dylan Swims yn gweiddi, 'Iawn! Pawb neud starfish!'. Ti'n cofio?"

Chwarddodd Sam yn ysgafn.

"Yndw acshyli, ar ôl i chdi ddeud. Mae'n od, ti'm yn meddwl, criw ni. Ma 'na gymaint ohonan ni'n nabod ein gilydd ac wedi bod trwy'r un pethau ers ysgol bach, ond jans bo' ni gyd yn cofio petha hollol wahanol."

"Be ti'n feddwl?" holodd Leia.

"Wel, fatha, genna i gymaint o atgofion o ysgol i gyd. Dwi dal yn cofio cyfarfod chdi, sti, y diwrnod cynta 'nes i symud, a cael fy rhoi i ista wrth ymyl chdi. Oeddach chdi'n siarad loads ac efo nail varnish bob lliw ar dy winadd."

Ddywedodd Leia ddim byd. Syllodd ar y cymylau. Roedd hithau'n cofio'r diwrnod yna hefyd.

"A, ti'n gwbod, llwyth o betha erill, tripia ysgol, gwersi, partis. Gymaint o flynyddoedd. Sa neb yn gallu cofio'r stwff 'na i gyd, nag oes? So ma raid bo' ni gyd jyst yn cofio rhei rhannau. Ac ella bo' ni gyd yn cofio rhannau gwahanol. Ti'n dallt be dwi'n feddwl?"

Symudodd Leia ei breichiau a'i choesau fymryn wrth deimlo'i hun yn gostwng i'r dŵr, a chlywodd sŵn plant yn chwerthin yn y pellter.

"Yndw," meddai, cyn troi ato a gwenu. "Jig-so ydy bywyd, de. Dwi 'di meddwl hynna erioed. Ma pawb efo darna gwahanol, ond ma rhei pobol efo darnau 'run fath, sydd yn ffitio."

Syllodd y ddau ar ei gilydd am eiliad, cyn i Leia deimlo rhywbeth yn symud dan ei throed a rhoi sgrech.

"O mai god!"

"Be sy?"

Dechreuodd y ddau nofio 'nôl am y lan, Leia yn hanner sgrechian hanner chwerthin, ar ôl teimlo slefren yn feddal dan ei throed, a Sam yn chwerthin yn braf wrth ei gwylio'n mynd.

Yn hwyrach y noson honno, ar ôl bwyta swper o Super Noodles a bar o siocled eisteddodd y ddau wrth dân bach, yn cadw'n gynnes am oriau, nes bod y seidr i gyd wedi gorffen a'r haul wedi machlud.

"Fyddi di ofn yn y babell 'na ar ben dy hun heno?" gofynnodd Sam. Roedd Erin a Leia i fod i rannu pabell, ond wrth i'r geiriau ddod o'i geg sylweddolodd eu bod wedi swnio'n awgrymog.

"Na dim fela, jyst meddwl…"

Cododd Leia a cherdded i mewn i babell Sam, ac yna aros iddo ddringo ar ei hôl.

Roedd batri'r fflachlamp wedi hen ddiffodd, a ffonau'r ddau bron yn wag hefyd. Gallai Leia weld amlinelliad Sam, clywed ei oglau, synhwyro ei gwestiwn.

Anadlodd yn ddwfn.

"Sam, ti yn bob un o darna jig-so fi."

Gafaelodd Sam am Leia, a'i thynnu'n nes.

23

Wrth gerdded ceisiodd Leia wneud synnwyr o bob dim oedd hi angen delio â nhw yr wythnos hon. Yn unigol doedden nhw ddim yn rhy ddrwg, ond gyda'i gilydd roedd y cwbl yn teimlo fel mynydd, a hithau'n sefyll wrth ei waelod yn droednoeth.

Un peth ar y tro, meddai wrth hi ei hun, wrth gerdded am Preswylfa. Un peth ar y tro. Tynnodd ei ffôn o'i phoced a gweld bod neges arall yn y sgwrs grŵp *PrIoDaS GlEs a RhOdS*. Oedodd, cyn penderfynu rhoi'r ffôn yn ôl yn ei phoced. Unwaith mae'r ddau dic bach glas yn ymddangos mae'r cloc yn tician a phobl yn aros am ateb.

Er ei bod wedi llusgo cerdded ymddangosodd Leia o flaen drws ffrynt Preswylfa, a dyna lle'r oedd Kevin yn aros amdani.

"Leia," meddai, a nodio ei ben fel petaen nhw mewn angladd.

"Kev," meddai hithau, gan ddynwared ei ystum. Gwyddai ei bod yn ei gorddi ond allai hi ddim peidio. Weithiau teimlai fel ei bod wedi llithro mewn i'r cymeriad yma, y Leia wahanol yma, a bod dim ffordd yn ôl at bwy oedd hi'n arfer bod.

"Yli, ti yma rŵan, hwnna oedd y rhan anoddaf," meddai Kevin, ei lygaid yn meddalu. "Dyma dy gyfle di i drio gwneud petha'n iawn. Ti 'di bod yn gwneud yn dda yn y Ganolfan, er mawr syndod i bawb. Ti braidd yn hy a rhy fawr i dy sgidiau ar adegau, neu'r hen fŵts 'na ddyliwn i ddeud… ond ti'n gwneud yn iawn. Ma pobol yn cymryd ata chdi… am ryw reswm."

"Waw, diolch am yr holl gompliments, Kev," meddai Leia, gan deimlo ysfa i droi a rhedeg i ffwrdd.

"Ti'n gwybod be dwi'n feddwl. Rŵan, dyma'r cam nesaf," meddai Kevin, gan amneidio ei ben tua'r cartref henoed. "Ti'n barod?"

"Dwi yma, dydw?" meddai Leia, ei hamynedd yn frau ar ôl dim ond munud a hanner yng nghwmni'r dyn oedd yn ymgnawdoliad o bob dim oedd wedi mynd o'i le yn ei bywyd.

"Reit 'ta. After you," atebodd Kevin yn swta, gan sefyll yno a'i freichiau wedi plethu.

"Be ti'n feddwl?" gofynnodd Leia. Roedd hi wedi disgwyl i Kevin arwain y ffordd yn hyn i gyd.

"Mewn â chdi," medda fo. "Fydda i reit tu ôl i chdi."

Felly agorodd Leia'r drws a cherdded i mewn i wres llethol Preswylfa.

Daeth dynes atynt mewn dillad glas tywyll, ei gwallt wedi ei dynnu'n ôl yn boni têl tyn ar dop ei phen. Roedd hi'n edrych wedi blino.

"Alla i helpu chi? Yma i weld rhywun? Dach chi 'di bwcio visiting slot?"

"Ym, wel, ym..." baglodd Leia dros ei geiriau.

"Yndan. Mary Jones. 11.10am," meddai Kevin, a nodiodd y ddynes, gan sylweddoli yn sydyn pwy oedd yn sefyll o'i blaen.

"Ffor' hyn," oedd y cwbl ddywedodd hi, cyn troi ar ei sawdl ac arwain Leia a Kevin i lawr coridor hir. Roedd carped pinc ar y llawr, a lluniau ar hyd y waliau o'r preswylwyr yn cymryd rhan mewn gwahanol weithgareddau. Chwarae bingo. Plannu planhigion. Parti jiwbilî.

Sylwodd bod Kevin yn gwenu ar y lluniau. Trodd Leia ei llygaid yn ôl at y carped pinc ar ôl iddi weld yr enw Mary o dan un o'r lluniau o ddynes yn eistedd yn chwarae'r piano. Doedd ganddi ddim cof o'r lluniau, na'r carped pinc chwaith.

Rhoddodd y ddynes yn y dillad glas tywyll gnoc ar y drws ac aros nes i lais ddweud, "Dowch mewn," ac yna i mewn â'r tri.

"Helô, Mary, ma 'na rywun yma i'ch gweld chi."

A gyda hynny gadawodd y ddynes nhw, heb drafferthu cau'r drws ar ei hôl. Roedd y barnwr wedi beirniadu'r cartref preswyl hefyd. Roedden nhw ar fai fod rhywun wedi medru cerdded i mewn heb ddangos unrhyw ddull adnabod, meddai. Roedd Diane wedi mynnu cael dweud wrth Leia droeon hefyd bod pobl wedi symud eu hanwyliaid o Breswylfa ar ôl iddi hi wneud beth wnaeth hi.

Wrth i dafod Leia droi'n garreg yn ei cheg dechreuodd y swyddog prawf siarad.

"Bore da, Mrs Jones. Diolch yn fawr iawn i chi am ein croesawu ni yma bore 'ma..."

Aeth yn ei flaen i gyflwyno ei hun ac esbonio bod hyn yn gallu bod yn rhan allweddol o daith troseddwr at adferiad ac ailasio â'r gymuned. Safodd Leia fel delw.

Mynnai ei llygaid sylwi ar bethau yn y stafell. Bag gwau pinc a melyn ar y llawr wrth y gadair, y gweill yn sticio allan ohono fel cudynnau gwallt afreolus. Trefn Gwasanaeth angladd rhywun o'r enw Glenda Roberts ar y cwpwrdd ger y gwely. Bocs Milk Tray ar dop y cwpwrdd dillad.

"Leia?" Cliriodd Kevin ei lwnc yn swnllyd. "Hy-hym, Leia?"

Trodd Leia i edrych arno. Roedd o'n syllu arni, gydag un o'i aeliau yn ceisio cyffwrdd y nenfwd eto.

"Ia?" Doedd hi ddim wedi clywed yr un gair.

"Rydw i am gamu allan rŵan, fydda i jyst tu allan i'r drws. I roi cyfle i chi siarad." A gyda hynny camodd yntau allan o'r stafell gan adael Leia a Mary yn syllu ar ei gilydd.

Yn sydyn teimlai Leia yn ymwybodol iawn o'i chorff; safai reit yng nghanol y stafell fach, a theimlai yn anferth.

"Steddwch," meddai Mary, gan amneidio at stôl fach oedd wedi ei gwasgu rhwng y cwpwrdd wrth y gwely a'r cwpwrdd dillad.

Aeth Leia i nôl y stôl ac eistedd arni. Edrychodd ar ei dwylo a dechrau crafu'r baw oedd dan ei hewinedd. Roedd hi wedi meddwl a meddwl beth fyddai hi'n ddweud. Wedi trio paratoi sgript hyd yn oed. Ond rŵan, yn eistedd yma, ni allai gofio'r un gair. Eisteddodd y ddwy am funudau, nes i Mary dorri'r tawelwch.

"Lemon Sherbet?" Cynigiodd y paced yn llawn peli llachar melyn i Leia.

"Sut allwch chi gynnig un o heina i fi?" Daeth y geiriau allan o'i cheg ar ras. "Sut allwch chi adael i fi ddod mewn i'ch stafell chi, a wedyn gadael i fi eistedd yma efo chi, a chynnig Lemon Sherbet i fi?"

Cymerodd Mary un o'r fferins cyn rhoi'r paced i lawr. Agorodd y papur gloyw yn araf a swnllyd, cyn rhoi'r fferan fach yn ei cheg a sipian.

"Mae'n siŵr mai dim ond hen ddynes fach rydach chi'n ei weld wrth edrych arna i," meddai, gan symud y fferan i'r gwagle yn ei boch er mwyn gwneud lle i'w geiriau. "Hen ddynes fach mewn stafell fach mewn cartra hen bobol. Ac ia, ella mai dyna'n union ydw i rŵan ond dwi wedi bod yn bobol erill."

Cododd Leia ei llygaid i edrych ar Mary Jones. Doedd hi ddim wedi disgwyl iddi siarad. Roedd Kevin wedi esbonio fwy nag unwaith nad oedd unrhyw ddisgwyl i Mary i ddweud unrhyw beth wrth Leia, na derbyn ei hymddiheuriad chwaith.

"Dwi wedi bod yn hogan fach, yn gwneud cacen efo Mam ac yn cael llyfu'r bowlen wedyn. Dwi wedi bod yn ddisgybl brwd, yn eistedd yn y dosbarth yn gwrando ar bob gair ac yn gwirioni ar gael dysgu sut i wneud syms a sgwennu stori. Dwi wedi bod yn ferch ifanc yn cael ei hudo gan hogia drwg."

Stopiodd am eiliad i sugno ei fferan, a'i symud i'r gwagle yn y foch arall.

"Dwi wedi bod yn fam ifanc, yn trio cael babi i stopio crio am oriau ac oriau nes 'mod i jyst â cholli arni. Dwi wedi bod yn wraig, yn trio cadw diawl o ddyn yn hapus. Dwi wedi bod fy hun, yn cyfri'r ceiniogau, yn rhoi dŵr ar y lobsgows i wneud iddo bara am ddyddiau a dyddiau."

Erbyn hyn roedd Leia yn edrych ar Mary, a bron y gallai weld y fersiynau ieuengach yma ohoni o flaen ei llygaid.

"Dwi wedi gwneud camgymeriadau yn fy amser. Lot fawr ohonyn nhw. Dwi wedi colli pobol. Dwi wedi bod yn unig. Ond dwi wedi dysgu hefyd, ac mae pobol wedi maddau i mi. A dyma fi. Dwi'n dal yma. Ac ma pethau'n digwydd o 'nghwmpas i erbyn hyn."

Edrychodd i fyw llygaid Leia wrth ddweud hynny, a gwyddai Leia ei bod yn cyfeirio at y noson honno, ac yn sydyn fe ddaeth y geiriau.

"Sori, Mary. Dwi wir yn sori am be 'nes i. Am dorri mewn. Am ddwyn eich pwrs chi. Dwi ddim..." oedodd. Roedd hi am wneud yn siŵr nad oedd y peth nesaf ddwedai hi yn swnio fel esgus. Doedd hi ddim eisiau gwneud esgusodion. Hi oedd yn gyfrifol am yr hyn roedd hi wedi ei wneud. Neb arall.

"Ro'n i mewn lle drwg. Ro'n i wedi cymryd lot o stwff noson yna. Oedd petha jyst yn shit, oedd bob dim yn shit. Ac o'n i... o'n i jyst methu gweld ffordd allan. Ac ma petha, wel, ma petha bach yn well rŵan, dwi'n meddwl.

"Ond ma be 'nes i wedi newid bob dim. Ma pawb yn sbio arna i yn wahanol ac ma pawb yn siarad amdana i." Tynnodd Leia anadl ddofn cyn parhau. "A bai fi ydy hynna 'de. Nesh i be nesh i a dwi'n gorfod byw efo hynna rŵan. A dwi wir yn sori. Gobeithio 'nes i ddim dychryn chi. Dwi wedi bod yn poeni am hynna. Swn i'n casáu meddwl 'mod i wedi dychryn chi yn hwyr yn nos."

Sugnodd Mary ei Lemon Sherbet a rhoi nòd fach, cystal â dweud ei bod yn derbyn yr ymddiheuriad.

Yn sydyn teimlai Leia wedi ymlâdd. Petai Mary wedi cynnig iddi gysgu ar y gwely byddai wedi derbyn ar ei hunion. Roedd ton drom wedi dod drosti ac roedd ei chorff yn gwegian.

"Mi a' i rŵan, dwi'n meddwl," meddai Leia, "os ydy hynna'n iawn."

Nodiodd Mary, ac estyn am ei bag gwau, cyn ychwanegu, wrth i law Leia droi bwlyn y drws i adael.

"Ella y dowch chi eto, Leia. Ella y galwch chi i 'ngweld i."

Llwyddodd Leia i droi i edrych ar Mary, gan roi gwên fach a nodio, cyn camu allan trwy'r drws a gadael i'r dagrau lifo.

24

Cododd Sam ei ffôn a gweld y neges.

Ti'n iawn? Tisio mynd am dro? Heb weld chdi ers ages x

Byddai'n rhaid iddo ei hateb yn fuan. Allai o ddim ei hanwybyddu am byth.

"Dos allan at dy ffrindiau, Sam bach," meddai Miriam, wrth weld Sam yn ciledrych ar ei ffôn. "Mae'n ddiwrnod braf."

Faint o weithiau roedd ei fam wedi dweud rhywbeth tebyg i hyn dros y misoedd diwethaf? Ond bob tro byddai'n dweud hynny, roedd o'n fwy penderfynol o aros lle'r oedd o.

Ers y diagnosis roedd pethau wedi digwydd yn sydyn. Roedd bywydau'r teulu o dri wedi troi'n un storm o apwyntiadau a thabledi. Roedd yn rhaid i Meical ddal i weithio, roedd hi'n ddigon anodd mynd o ddau gyflog i un, felly Sam fyddai'n mynd â'i fam yn ôl ac ymlaen i'r ysbyty'n reit aml.

"Na, mae'n iawn," atebodd Sam. "Jyst Jac sy 'na, gofyn os dwisio mynd i syrffio," meddai, y celwydd yn llifo'n rhwydd erbyn hyn. "Ond sgenna i'm awydd, sti, a 'dy board fi ddim cweit yn iawn. 'Na i sbio arno fo wicénd 'ma. Tisio dŵr?"

Edrychodd Miriam ar ei mab a gweld trwy ei gelwydd i gyd. A

hwythau bellach yn deall difrifoldeb y sefyllfa, byddai'n edrych arno mewn ffordd wahanol y dyddiau hyn. Yn trio serio pob manylyn o'i wyneb golygus ar ei chof. Ei lygaid tywyll, ei wefusau mawr, y brychni bach wrth ei glust. Gwnâi ei gorau i ddal pob osgo a phob symudiad, yn y gobaith o'i gadw, rywsut; o fynd â rhan ohono efo hi.

"Sut ma Leia dyddia 'ma? Ti'm 'di sôn amdani ers tro." A hithau'n teimlo'n weddol gryf y prynhawn hwnnw, ceisiodd Miriam dynnu sgwrs.

Er fod bechgyn o ryw oed yn hoffi meddwl nad oes gan eu mamau unrhyw syniad beth sy'n mynd ymlaen yn eu bywydau, roedd Miriam yn reit siŵr bod mwy na dim ond cyfeillgarwch rhwng Sam a Leia. Roedden nhw yn yr un cylch ffrindiau mawr ers yr ysgol gynradd, ac roedd rhywbeth gwahanol yn croesi ei wyneb pan fyddai'n dweud ei henw. Doedd dim gwybodaeth i'w chael, yn amlwg, ond roedd ganddi deimlad.

"Mae'n iawn, heb weld hi lot," oedd y cwbl a ddaeth yn ateb, wrth i Sam godi a cherdded draw at y ffenest i'w hagor.

Roedd o wedi ei gweld ond doedden nhw ddim wedi siarad yn iawn ers misoedd. Allai o ddim rhoi ei fys ar beth yn union oedd wedi digwydd. Ar ôl y noson honno yn gwersylla roedd o wedi gobeithio y byddai pethau yn digwydd rhyngddyn nhw, go iawn. Trwy'r dydd Sul, wrth iddyn nhw afael llaw a chwerthin a chusanu wrth gerdded i ddal y bws yn ôl adra. Ond unwaith roedden nhw'n ôl yn y Chweched fore Llun, a gweddill y criw i gyd yno, roedd fel petai'r swyn wedi ei dorri. Roedd Trystan wedi holi'n swnllyd oedd 'na unrhyw gossip o'r trip campio ond roedd Leia wedi troi i ffwrdd a siarad efo rhywun arall, a dyna'r cyfle i ddweud wedi pasio. Yn yr eiliad fach yna roedd Sam wedi teimlo Leia yn llithro oddi wrtho, yn difaru ella? Doedd hi ddim yn edrych i mewn i'w lygaid. Ac roedd hynny wedi brifo gymaint mwy nag oedd o wedi'i ddisgwyl. Aeth dyddiau heibio a phan ddaeth hi i drio siarad efo fo ddiwedd yr wythnos roedd o wedi bod yn oeraidd, ac wedi gweld y loes yn ei llygaid hithau wedyn. Ond doedd hi ddim eisiau bod efo fo, nag oedd? Roedd hi wedi gwneud hynny yn amlwg. Allai o ddim bod mor agos ati a pheidio bod efo hi am byth; roedd o'n brifo gormod.

"Sam, os daw 'na rywun, rhywun sydd yn gwneud i chdi weld y byd mewn ffordd well, rhywun sy'n dy wneud di'n hapus, ac yn fodlon yn dy groen, gafael di'n dynn ynddyn nhw," meddai Miriam, cyn colli ei phlwc.

Trodd Sam i edrych arni, a dod yn ôl at y sedd wrth y gwely.

"Be? Am be ti'n mwydro, Mam?"

"Yli," meddai Miriam, gan geisio codi ei hun i eistedd yn uwch yn y gwely. "Ma bywyd yn taflu pethau annisgwyl ata ti, dydy? Sbia arna fi. Wnaethon ni ddim gweld hyn yn dod, naddo?"

"Mam," meddai Sam, yn methu dioddef clywed beth oedd ei fam yn ceisio ei ddweud.

"Na, gad i mi ddeud, Sam," meddai Miriam, gan roi ei llaw ar gledr ei law fawr, frown. "Tydy bywyd ddim yn hawdd bob amser. Mae o'n gallu bod yn hir ac yn anodd, ond os ydy'r person iawn wrth dy ochr di, mi fydd popeth yn iawn. Mi fydd pob dim yn haws."

"Ocê, Mam!" meddai Sam yn ysgafn, gan wenu arni, a theimlo ei lwnc yn llosgi. "A' i wneud panad i ni."

Cyn mynd i ferwi'r tegell aeth Sam i'r tŷ bach a thaflu dŵr oer dros ei wyneb eto ac eto, gan osgoi'r llygaid yn y drych.

*

Edrychodd Leia ar ei ffôn. Dau dic glas, ond dim ateb. Eto. Ochneidiodd a rhoi'r ffôn i lawr ar y cownter. Sut oedd hyn wedi digwydd? Be oedd hi wedi'i wneud? Roedd hi wedi dechrau meddwl ella y basa rhywbeth go iawn wedi digwydd rhyngddyn nhw ar ôl y noson ar y traeth ond yn lle hynny roedd Sam wedi bod yn oeraidd a diamynedd efo hi. A rŵan prin ei fod o'n ei hateb hi o gwbwl. Oedd o'n difaru? Teimlodd ei stumog yn troi. Jyst wedi meddwi oedd o? Na, gwyddai bod beth oedd rhyngddyn nhw yn fwy na hynny ond rhywsut roedd y cyfan fel petai'n llithro trwy ei bysedd fel tywod, a hithau'n methu gwneud dim i'w atal.

Rhwbiodd ei thalcen ac edrych ar ei mam a'i thad oedd wrth y bwrdd yn gorffen eu cinio. Waeth iddi ddweud rŵan ddim.

"Be?" gofynnodd Diane, mewn traw mor uchel nes mai prin oedd Leia a Hywyn wedi ei chlywed. "Wyt ti o ddifri?" Tynnodd ei dwylo trwy ei gwallt a chodi ar ei thraed, y sedd yn crafu'n swnllyd hyd llawr y gegin.

Ddywedodd Hywyn ddim byd, dim ond rhoi ei gyllell a'i fforc i lawr.

"Yndw, dwi hollol o ddifri," atebodd Leia.

"Ond be 'nei di felly?! Paid â meddwl gei di aros yn fama, a disgwyl i ni roi to uwch dy ben di a chditha'n diogi o gwmpas y lle!"

"Diane," meddai Hywyn, gan drio pwyllo ei wraig wrth ei gweld yn cynddeiriogi.

"Dwi'm yn gwbod eto," atebodd Leia yn onest. "Dwi jyst yn gwbod bo' fi ddim yn licio yna, Mam. Dwi ddim yn mwynhau'r gwersi o gwbwl. Sgenna i ddim diddordeb yn y stwff ma nhw'n trio ddysgu i fi. Jyst, sgenna i ddim. Dwi'n gweld pobol fatha Erin yn lyfio fo ac yn gwbod lle ma hi isio mynd wedyn, ond dwi'm yn gwbod be dwisio neud. So be ydy pwynt i fi dreulio blwyddyn arall yn dysgu petha randym os dwi ddim am iwsio'r wybodaeth yna byth eto?"

Pwysodd Leia yn erbyn y bar brecwast a throi ei ffôn am eiliad i weld os oedd Sam wedi ateb.

"Dyna'n UNION ydy'r PWYNT!" atebodd Diane, ei phwysau gwaed yn codi fesul eiliad wrth weld ei merch yn edrych ar ei ffôn yn hamddenol ar ôl torri'r newydd ei bod yn bwriadu gadael y chweched dosbarth, jyst cyn arholiadau'r flwyddyn gyntaf. "Am dy fod ti DDIM YN gwbod be ti isio neud, mae'n rhaid i ti gadw dy opsiynau'n 'gored, does! Lle aethon ni'n rong efo'r hogan 'ma, Hywyn?" ebychodd wedyn mewn anobaith.

Cododd Hywyn a cherdded at y sinc gan godi'r tegell ar y ffordd i'w lenwi, ond cododd Diane a mynd at yr oergell i nôl glasiad o win.

"Ma dy fam yn iawn, sti, Lei," meddai Hywyn yn bwyllog. "Os

wyt ti'n casáu bod yno, iawn, ma hynna'n un peth, ond be arall 'nei di? Fedri di'm jyst rhoi'r gorau iddi heb unrhyw gynllun, na fedri? Mae'n rhaid i chdi feddwl be ti am neud, does, cyw?"

Roedd Leia wedi disgwyl hyn i gyd, ond doedd o'n gwneud y sefyllfa ddim haws.

"Dwi'n dallt hynny. Ond dwi jyst ddim yn gwbod eto, a dwi'm isio rhuthro i neud rwbath arall a wedyn ella casáu hynna hefyd. Dwi jyst ddim yn gwbod eto. Ddim Glesni ydw i!" meddai Leia, gan deimlo ei gwrychyn yn codi.

"Soniodd neb am Glesni! Pwy sy'n sôn am Glesni?!" meddai Diane, oedd yn cymharu ei merched yn gyson ond yn gwylltio pan fydden nhw eu hunain yn gwneud hynny. "Sôn amdana chdi ydan ni rŵan. Paid â newid y pwnc!"

"Dwi ddim!" meddai Leia gan godi ei llais. "O'n i'n gwbod na fel'ma sa chi'n ymatab. Dio ddim yn gymaint â hynna o big deal! 'Y mywyd i ydy o!"

Gafaelodd yn ei ffôn a dechrau cerdded allan, a dilynodd llais ei mam at y drws ffrynt.

"Ia, dy fywyd di, Leia. Felly pam bo' chdi'n gwneud gymaint o lanast ohono fo?!"

Safodd Leia yn stond wrth i'r geiriau lanio. Gafaelodd yn ei bag a thynnu'r drws yn glep ar ei hôl.

25

"Be ffwc 'dan ni'n mynd i neud?"

Eisteddai Leia, Chris a Gwyn o amgylch y bwrdd bwyd, y tri'n yfed coffi du yn dilyn dadl arall am ddiffyg llefrith.

"Dio'm hynna gymaint o big deal, nadi," meddai Gwyn yn hamddenol yn ôl ei natur. "Jyst nôl llefrith ia?"

"Dim am hynna dwi'n sôn, nagi, y nob," atebodd Chris yn biwis. "Lle ffwc 'dan ni'n mynd i fyw? Mae Dewi wedi tecstio fi eto bora 'ma. Mae o isio ni allan."

Syllodd y tri ar eu coffi, a Gwyn oedd y cyntaf i dorri'r tawelwch.

"Ymmm, dwi 'di bod yn meddwl deud, ia..."

Cododd Leia a Chris eu pennau i edrych arno.

"Mae Cara di offro i fi symud fewn efo hi. So dwi, ym, ia, dwi am neud hynna."

Cododd Gwyn ei goffi a cheisio cuddio tu ôl iddo.

"O, iawn, grêt, alright for some, dydy?" meddai Chris yn bigog.

"Hei, hei, cym on," camodd Leia i mewn i geisio cadw'r heddwch. "Oeddach chdi'n deud wrtha fi chydig yn ôl pa mor neis ydy o fod Gwyn yn hapus, do'ddat? A mae o'n sorted am rywle i fyw, a ma hynna yn grêt acshyli, dydy?" Ar ôl tawelwch ychwanegodd, "Well bod dau ohona ni yn ddigartra na tri, dydy?"

Roedd Leia wedi gobeithio codi gwên gyda'r sylw crafog ond roedd o'n amlwg yn rhy agos at yr asgwrn.

"Leia, siriysli, be 'dan ni am neud? Dwi 'di sbio a sbio. Does 'na bron ddim byd ar gael i rentu yn dre, a ma bob dim sy 'na yn rhy ddrud."

Ochneidiodd Leia. Er bod hyn yng nghefn ei meddwl ddydd a nos, doedd hi ddim wedi treulio unrhyw amser yn meddwl am ateb neu ddatrysiad pendant. Byddai hynny'n gwneud y peth yn wir.

"Ti'n meddwl allwn ni berswadio fo i newid ei feddwl?" holodd yn obeithiol.

"No ffocin we," oedd ateb plwmp Chris. "Ti 'di gweld prisiau tai rownd dre 'ma yn ddiweddar? Mae'r boi 'di gweld y pound signs do!"

"Ym, sori dwi off 'ŵan," meddai Gwyn yn dawel, wrth dywallt gweddill ei goffi lawr y sinc. "Mae dad Cara di offro yprentyship i fi, dwi'n dechra heddiw."

Trodd Leia a Chris i syllu yn gegagored ar eu ffrind. Roedd Gwyn wedi gadael yr ysgol ar ôl troi'n un ar bymtheg ac wedi hawlio budd-daliadau ers hynny.

"Be? Mae'n jans, dydy? Ma dad Cara'n foi iawn, a ti'n gallu neud pres da fel mecanic, sti."

A gyda hynny o esboniad gadawodd ei ffrindiau yn gegrwth wrth fwrdd y gegin.

"Jyst chdi a fi, 'lly, Lei?" meddai Chris wrth ei ffrind ond roedd Leia hefyd yn codi i adael.

"Fyddan ni'n iawn, nawn ni feddwl am rwbath. Rhaid fi fynd 'ŵan. Fydda i'm adra tan dydd Llun, mynd am swpar heno a wedyn ma hèn dw Glesni yn Llundain wicénd 'ma, so wela i chdi wythnos nesa, ia?"

Wrth i Leia hel ei phethau i adael rhoddodd Chris Manu Chao i chwarae dros y gegin cyn estyn am y paced Rizla mwyaf, y baco, a'r bag bach gwyrdd.

*

Roedd y diwrnod wedi llusgo a gwibio heibio yn y Ganolfan; cyfarfod blynyddol Merched y Wawr yn y bore, a'r Clwb Lego yn y prynhawn. Er ei bod wedi rowlio ei llygaid ar awgrym Caradog, roedd Leia wedi penderfynu mynd â phwdin efo hi wedi'r cwbl. Piciodd i'r becws amser cinio a dewis dwy éclair siocled fawr, gan ddod i'r casgliad y gallai hi wastad eu gadael yn ei bag tasa Sam wedi gwneud pwdin. Daeth tecst gan Sam am bump yn gofyn os oedd hi'n hoffi peis. Atebodd gyda bawd i fyny. Roedd o wedi dweud wrthi am ddod draw erbyn saith, ac roedd hi ar bigau yn trio gwneud i hanner o seidr bara yn y Lion ac yn edrych ar ei ffôn bob dau funud. Am bum munud i saith, yfodd weddillion y seidr a cherdded draw am y tŷ.

Agorodd Sam y drws â golwg wyllt arno.

"Hei! Ty'd i mewn!" Roedd blawd yn ei wallt a dros ei dop i gyd.

"Ymmm, bob dim yn iawn?" gofynnodd Leia, wrth weld y golwg oedd ar y gegin.

"Blydi hel, Lei," meddai Sam, wrth geisio rhwbio'r powdr gwyn oddi ar ei grys. "Yli llanast! O'n i isio impressio chdi so dwi 'di trio gneud pei ond dwi ddim yn meddwl bod hi'n iawn i fwyta." Pwyntiodd at ddesgl ar ganol y bwrdd oedd ddim yn edrych fel pei o gwbl.

Chwarddodd Leia wrth edrych ar y llanast, a theimlo ei thu mewn yn poethi wrth i Sam ddweud ei fod o eisiau 'impressio' hi.

"Be am i ni ordro Chinese?" cynigiodd Leia, oedd wir ddim yn malio beth oedd y swper. "A gawn ni un o hein i aros?" Ac estynnodd y chocolate éclairs gan arwain at fwy o chwerthin, wrth i Leia esbonio mai Caradog oedd wedi awgrymu ei bod yn dod â phwdin efo hi.

"Wel, mi oedd o'n iawn," meddai Sam, wrth wneud lle i'r ddau eistedd ar y soffa a gosod glasiad o win bob un iddyn nhw ar y bwrdd coffi. "Do'n i ddim wedi meddwl am bwdin!"

Roedd y teledu ymlaen yn y cefndir, a thân yn mud-losgi

yn y stof. Sylwodd Leia ei bod wedi ymlacio yn barod, a bod y sefyllfa yn teimlo'n gysurus a chyfarwydd.

"Sut ma dy dad?" gofynnodd, gan gofio amdano'n sydyn.

"Cael diwrnod gwael heddiw," atebodd Sam wrth gymryd cegaid o'i win. "Mae o mewn poen, sti. Mae'n iawn unwaith mae'r pain killers yn cicio mewn ond hebddyn nhw mae o mewn diawl o boen. Mae'n anodd weld o fel'na."

Yn sydyn ystyriodd Leia a ddylai hi fod yno o gwbl, gyda Meical yn ei wely mewn poen i fyny'r grisiau.

"Mae o'n cysgu'n sownd rŵan, sti," meddai Sam yn sydyn, wedi llwyddo unwaith eto i ddarllen ei meddwl. "Mae o'n cysgu lot. Ges i chat efo fo ar ôl dod adra, a gneud bwyd iddo fo, a mae o'n cysgu rŵan. Neith o gysgu tan bora ma siŵr, sti."

Teimlodd Leia'r awgrym yn y frawddeg, cyn gofyn, "Ddim y pei 'na roist ti iddo fo, gobeithio?"

A chwarddodd y ddau eto, y gwin a'r tynnu coes yn gwneud i'r chwerthin ddod yn rhwydd.

Daeth cryndod i boced Leia ac estynnodd ei ffôn.

"O shit," meddai dan ei gwynt, wrth ddarllen y negeseuon oedd yn llifo i mewn.

"Be sy?" meddai Sam, yn teimlo'r noson yn llithro o'i afael wrth i ffôn Leia fflachio gyda neges ar ôl neges.

"'Dan ni fod i fynd i Lundain fory ar hèn dw Glesni,"

esboniodd Leia. "Sophie, ffrind Glesni, sydd wedi trefnu bob dim, ond mae newydd ffonio Glesni yn crio yn deud bod 'na bomb scare wedi bod yn y rhan yna o Lundain so bod yr hotel 'di cau a'r gìg oeddan ni fod i fynd iddo fo wedi ganslo, so ma'r hèn dw off."

"O, shit," meddai Sam, oedd heb unrhyw brofiad o bartïon plu, ond oedd wedi clywed digon am Glesni gan Leia dros y blynyddoedd i wybod y byddai hyn yn ddrama fawr.

"Be rŵan 'ta?" holodd, wrth ddechrau meddwl efallai y byddai'n cael mwy na dim ond gyda'r nos yng nghwmni Leia.

"Ti'n gwbod be?" meddai Leia, gan droi at Sam a gwenu. "Genna i syniad. 'Nei di helpu fi?"

Cododd Sam ar ei draed.

"Dwi'n mynd i nôl y Chinese, ond wedyn, at your service!"

Gwenodd Leia arno, cyn cymryd sip arall o win a dechrau tecstio.

26

Wrth sefyll yn edrych ar y stafell barod fe gymerodd eiliad neu ddwy i Leia sylweddoli beth oedd y teimlad hwn; doedd hi ddim wedi ei deimlo ers amser maith. Teimlai'n falch ohoni'i hun.

Rhwng y sbring rôls a'r nwdls y noson cynt, roedd Sam a hithau wedi bod wrthi'n cynllunio, yn sgwrsio, yn ffonio ac yn tecstio er mwyn rhoi'r trefniadau i gyd ar waith, a diolch byth, roedd pawb wedi bod yn barod i helpu.

Kevin oedd yr her gyntaf, ond roedd gan Leia ddadl barod cyn codi'r ffôn.

"Mi alla i dynnu ychydig o luniau a'u rhannu nhw wedyn ar socials, ac ella fydd pobol eraill isio cynnal parti plu yna wedyn, a mi fydd yn incwm ychwanegol bach da i'r Ganolfan, bydd? A paid â phoeni Kev, fydd bob dim above board ac yn chwaethus dros ben. Dim strôs wilis dwi'n gaddo…"

Aeth y lein yn dawel am ychydig wrth i Kevin bendroni, ond roedd yn rhaid iddo gyfaddef ei fod yn syniad da creu incwm ychwanegol; byddai'r Ganolfan angen hynny i oroesi wrth i gostau cynnal a chadw adeilad o'r fath gynyddu a chynyddu, ac roedd yr hen le yn agos at ei galon.

"Ti'n lwcus," meddai'n swta, ddim am i Leia gyffroi'n ormodol. "Digwydd bod does 'na'm byd mlaen wicénd 'ma. Iawn, ond Leia? Dwi'n dy rybuddio di. Mae'r holl gyfrifoldeb arnat ti, iawn? Unrhyw beth yn mynd o'i le, unrhyw beth yn torri neu unrhyw gymdogion yn cwyno am y sŵn ac ati, arna chdi fydda i'n edrych, iawn?"

Cododd Leia ei bawd ar Sam wrth gytuno a diolch i Kevin unwaith eto cyn rhoi'r ffôn i lawr.

Nesaf roedd wedi tecstio Sarah Lloyd, cyn ffonio Miall a Caradog. Fyddai o ddim yn barti plu arferol, ond mi fyddai, gyda lwc, yn barti plu i'w gofio.

Wrth iddynt feddwl am drefn y diwrnod roedd Sam wedi cofio bod addurniadau parti yn cael eu cadw ym mhen draw storfa'r lle beics. Doedd neb wedi edrych arnyn nhw ers blynyddoedd, meddai, fyddai dim problem eu benthyg dros y penwythnos.

Gwasgodd y rhifau diogelwch i'r pad rhifau er mwyn agor drws y siop feics a safodd Leia wrth ei ymyl, yn synhwyro ei fod o'n mwynhau ei helpu hi gymaint ag yr oedd hi'n mwynhau ei gael o'n ei helpu. Roedd hi'n noson oer, a sêr y nos i gyd yn gwenu.

Erbyn un ar ddeg roedd y ddau wedi gorffen gosod y baneri lliwgar a'r balŵns, ac roedd yr holl drefniadau yn eu lle. Ar ôl cloi pob clo a bollt, trodd Sam a Leia am adref, gan oedi am eiliad chwithig cyn dweud nos da.

"Diolch am noson neis," meddai Leia. "Sori bo fi 'di heijacio'r plania braidd."

"Dim o gwbwl," atebodd Sam yn syth. "Oedd o'n laff. Gobeithio eith bob dim yn dda fory." A chyn iddo gael cyfle i berswadio ei hun i beidio, gwyrodd ymlaen a phlannu cusan ysgafn ar wefus Leia.

"Nos da, Lei," meddai.

"Nos da," atebodd, heb drio cuddio ei gwên.

*

Ar ôl i negeseuon dramatig Glesni lifo mewn i sgwrs y grŵp y noson cynt roedd Leia wedi ateb cyn i unrhyw un arall gael cyfle.

Paid â phoeni. Nai sortio rywbeth, ok? Hèn dw dal on – ond yn Llanfechan. Manylion i ddilyn.

Roedd Gwawr wedi ymateb gyda rhes o emojis yn cyfleu ei chyffro a Glesni wedi mynegi ei syndod a'i diolchgarwch, ond roedd Diane wedi anfon tecst ar wahân at Leia i ofyn beth yn union oedd ei bwriad, ac ar ôl cymryd llwnc mawr o win atebodd Leia'n sydyn, cyn i Sam ddod yn ôl efo'r tecawê.

Plis trystia fi Mam. Na i sortio hyn. Cyfla i fi neud wbath neis i chi gyd. Gaddo na i ddim ffwcio fo fyny.

Ond cyn anfon y neges penderfynodd ei olygu fymryn. Roedd hi'n dechrau sylwi bod pob gair yn cyfri.

Plis trystia fi Mam. Na i sortio hyn. Cyfla i fi neud wbath neis i chi gyd. Na i ddim neud llanast o betha. Gaddo x

Ac er mawr syndod iddi daeth ateb ei mam mewn chwinciad.

Ocê cyw, os ti'n siŵr. Rho wbod os fedra i helpu. Edrach mlaen! Mam x

Rowliodd Leia ei llygaid a phiffian chwerthin gan bod ei mam dal yn mynnu rhoi ei henw ar ddiwedd neges destun, ond teimlodd yn gynnes wrth ei ddarllen.

Clywodd y criw. Roedd y sŵn chwerthin yn cario o ben draw'r stryd ac ar ôl taflu un cip olaf ar y stafell brysiodd Leia at y drws i'w croesawu.

"Croeso i barti plu Glesni!" meddai. "Dewch i mewn, dewch i mewn, mae 'na ddiwrnod mawr o'n blaenau ni!"

A gyda llawer o sgwrsio a chwerthin daeth y merched i mewn, gan godi diod bob un wrth y drws a rhoi het wirion am eu pennau cyn cerdded i mewn i brif stafell y Ganolfan. Sam oedd wedi dod o hyd i'r hetiau cardfwrdd y noson cynt yng nghanol y stwff parti yn y storfa. Hetiau cardfwrdd gyda lluniau beics arnyn nhw; ond gydag ychydig o binnau ffelt roedd Leia a Sam wedi troi yr olwynion yn fodrwyau aur, ac wedi rhoi G yn un a Rh yn y llall.

"O waw, Leia!" meddai Glesni, gan droi'n llawn

edmygedd at ei chwaer fach. "Pryd 'nest ti hyn i gyd?!"

Roedd pawb yn gytûn bod y Ganolfan yn edrych yn anhygoel, gydag addurniadau a baneri lliwgar dros y lle i gyd. Doedd Leia ddim wedi arfer gyda'r sylw, a brysiodd bawb i eistedd ar gyfer gweithgaredd cynta'r diwrnod.

"Reit, ma 'na dri gweithgaredd wedi eu trefnu ar eich cyfer chi heddiw," meddai, gan edrych ar ei ffôn yn sydyn i weld ble'r oedd Sarah Lloyd. "I ddechrau rydan ni am fod ychydig bach yn greadigol, felly mi fydd pawb angen papur a phensal." Aeth o gwmpas gan roi un i bawb a sylwodd ar ambell un o ffrindiau gwaith Glesni yn rowlio eu llygaid.

"Hai ledis!" Ar y gair daeth Sarah Lloyd i mewn i'r stafell yn ei regalia artist mwyaf llachar, a'i hegni heintus yn llenwi'r stafell. "Gobeithio'ch bod chi'n barod am wers gelf heb ei hail!" A chyn i unrhyw un arall gael cyfle i rowlio eu llygaid gan ddisgwyl gwers arlunio ddiflas cerddodd Ryan i mewn gyda dim ond sgarff sidan ysgafn am ei ganol.

Dechreuodd y chwerthin, y chwibanu a'r gwichian yn syth, ac ochneidiodd Leia ei rhyddhad wrth weld fod Glesni'n chwerthin yn braf, a bod y gweithgaredd cyntaf, o leiaf, wedi plesio. Tra bod Sarah Lloyd yn rhoi ychydig o gynghorion arlunio aeth Leia i godi'r gwres ar gyfer Ryan, a phan ddaeth yr ail sgrech o'r stafell gwyddai fod y sgarff sidan wedi cael ffling. Gwenodd, ac estyn ei ffôn i decstio Sam.

So far so good! Diolch eto am helpu x

Bu'r merched yn arlunio ac yn sipian eu gwin i gyfeiliant cerddoriaeth yn hapus am awran go lew, wedyn daeth y bwyd bys a bawd Groegaidd i ginio, â phawb yn brolio ac yn llowcio. Teimlai Leia braidd yn hy yn tecstio Phillip, cogydd y bwyty Groegaidd yn y dre, ond bu Leia yn helpu ei fab Nico am oriau gydag un o'i brosiectau Lego yn y Clwb Lego yn ddiweddar, a daeth ateb yn syth bin gan Phillip yn dweud y byddai'n fwy na hapus i ddod â bwyd i'r parti – roedd bwyd dros ben ar ôl nos Wener yn y bwyty o hyd, a byddai hi'n gwneud ffafr ag o.

Cliriodd Leia a Gwawr y platiau i'r gegin fach, a helpodd pawb eu hunain i ragor o win. Wrth edrych ar ei chwaer fawr yn sgwrsio gyda'i ffrindiau gobeithiodd eto y byddai gweddill y diwrnod yn llwyddiant.

Roedd Glesni wedi bod yn ddisgybl perffaith trwy gydol ei hamser yn yr ysgol gynradd ac uwchradd, yn un o'r disgyblion prin hynny oedd yn hoffi'r athrawon gymaint ag oedden nhw yn ei hoffi hi, felly gwyddai ym mêr ei hesgyrn y byddai'r gweithgaredd nesaf yn mynd i lawr yn reit dda.

"Reit, ydach chi barod am y gweithgaredd nesaf? Ma isio chi fynd i mewn i grwpiau o dair neu bedair ar gyfer hyn," esboniodd. "Rŵan, ma 'na ddyn arall ar fin ymuno efo ni ond mae o'n gwisgo dipyn bach mwy na'n gwestai diwethaf."

Daeth 'bwwww' mawr dros y stafell, cyn i Leia ychwanegu,

"Ond peidiwch â phoeni, mi fydd gan y dyn nesa 'ma wers neu ddwy i chi hefyd. Yma i roi cwis arbennig i ni, rhowch groeso i Mr Miall Huws!"

Fel yr oedd Leia wedi gobeithio, daeth nifer o sgrechfeydd dros y stafell wrth i Glesni a'i ffrindiau sylweddoli bod eu hoff gyn-athro Cymraeg ar fin rhoi cwis mewn parti plu.

"O mai gosh!" ebychodd Glesni, y gwin a'r cyffro yn codi i gresiendo. "Mr Huws! Mai god!"

"Helô, bawb, sut hwyl?" gofynnodd Miall, cyn rhoi winc fach i Leia wrth iddi estyn stôl iddo.

"Gobeithio eich bod chi gyd yn barod, ma gen i gwis ar eich cyfer pnawn 'ma, felly pensil ar bapur!" a gyda hynny daeth sgrech a mwy o chwerthin. Dyna fyddai ei ymadrodd cyson yn yr ysgol ers talwm.

Sleifiodd Leia i'r gegin i olchi'r llestri cyn dod allan am sbec i weld a oedd pawb yn mwynhau cwis Miall, ond doedd dim angen poeni, roedd y criw yng nghledr ei law. Syniad Caradog oedd hyn, ac er ei fod o'n hyderus y byddai Miall yn barod i helpu doedd Leia ddim mor siŵr. Roedd hi'n gwingo tu mewn wrth gofio eu sgwrs ar y doc fisoedd ynghynt, ond Caradog oedd yn iawn; roedd Miall yn fwy na hapus i helpu. Roedd ganddo werth degawdau o gwestiynau cwis parod mewn drôr mae'n debyg, ac yn falch o gael esgus i'w gofyn eto.

Ar ôl i bawb gael gwybod beth oedd prifddinas Zimbabwe a beth oedd enw iawn Elton John daeth y cwis i ben, ac roedd hi'n amser am y gweithgaredd olaf. A hithau bron yn fis Rhagfyr roedd hi wedi hen dywyllu erbyn pump, felly wrth i Gwawr a Diane osod y byrddau yn ôl cyfarwyddiadau Leia aeth hithau o gwmpas yn tynnu'r llenni. Wrth wneud cofiodd yn sydyn am Jane o'r Clwb Bridge yn ei gwawdio am gau'r llenni pan ddechreuodd hi yn y Ganolfan. Roedd hynny'n teimlo'n bell iawn yn ôl.

"Prynhawn da, ferched!" Er ei fod yn ei grwman a dal ddim yn gant, roedd llais Caradog yn cario.

"Pwy sy'n barod am chydig bach o whist pissed?!" Dechreuodd y chwerthin eto ac wrth i bawb afael yn y cardiau ac eistedd wrth y byrddau fesul pâr, daliodd Diane lygaid Leia, a rhoi clamp o winc.

27

"Ooo shit, shit, shit."

Ciciodd Leia'r twll yn y wal. Doedd hi ddim wedi edrych faint o arian oedd ar ôl yn y banc ers wythnosau, a doedd yr hyn a welai o'i blaen heddiw ddim yn newyddion da.

"Shit!" meddai eto, cyn tynnu'r tri deg punt olaf allan a'i stwffio yn ei phwrs. Tynnodd ei llaw trwy ei gwallt a chau sip ei chôt, er nad oedd hi'n oer. Doedd ganddi ddim shifft arall yn y Blac am ddeuddydd, a doedd ei budd-daliadau ddim yn cyrraedd tan ddiwedd y mis.

"Leia!" Wrth glywed llais Gwenno roedd pob gronyn o gorff Leia eisiau rhoi ei phen i lawr a cherdded i'r cyfeiriad arall gan gymryd arni nad oedd wedi ei chlywed, ond gwyddai na allai wneud hynny. Anadlodd yn ddwfn, stwffiodd damaid o gwm cnoi i'w cheg a throi i wynebu Gwenno.

"Leia! Ti'n iawn? Mai god dwi heb weld chdi ers ages!" Oedodd wrth weld yr olwg oedd ar y ferch o'i blaen. Roedd ei dillad yn flêr, ei gwallt heb ei olchi, ac roedd colur neithiwr dan ei llygaid. "Ti'n ocê, Lei?"

"Heia, Gwenno, yndw dwi'n iawn, sti, dwi'n iawn, be amdana

chdi, ti'n iawn? Sut ma Trystan?" Brysiodd Leia i droi'r sylw yn ôl at Gwenno.

"Trystan? O ddaru ni orffen, sti."

Roedd hyn yn newyddion i Leia, ac er nad oedd wedi gweld Gwenno ers tro, gwyddai yn syth nad dewis Gwenno fyddai dod â'r berthynas i ben. Roedd hi'n lled-addoli Trystan ers iddyn nhw ddechrau canlyn.

"O sori. Do'n i ddim wedi clywad. Ti'n ocê?"

"Duw yndw, hen hanes rŵan rili. Natho ni drio neud o weithio ond oedd y pellter jyst yn ormod. O'n i'n meddwl sa ni'n gallu neud o, ond troi allan bod Caeredin yn reit blydi bell o Lerpwl." Chwarddodd wrth ddweud hyn, a sylweddolodd Leia nad oedd hi'n adnabod y Gwenno yma.

Gwyddai bod bron iawn pawb o'r criw wedi mynd i ffwrdd i'r brifysgol ond wyddai hi ddim i ble'n union, nac i astudio beth. Ar ôl gadael y Chweched a chlywed bod Sam ac Erin efo'i gilydd roedd hi wedi gadael iddi hi ei hun lithro oddi wrthyn nhw. Roedd hynny'n haws rywsut na bod ar y tu allan yn trio edrych i mewn. Roedd yn od gweld Gwenno. Edrychai yn wahanol, meddyliodd Leia, wrth edrych arni'n iawn. Edrychai'n hapus.

"Dwi'n gweld rhywun arall rŵan. Boi o'r enw Amir, mae'n dod o Lundain a'n neud yr un cwrs â fi. Dwi'm yn siŵr, cofia, early days, so gawn ni weld 'de, ond mae o'n foi neis."

Roedd Leia'n dawel. "Eniwe, be amdana chdi, Lei? Sut ma bob dim? Oeddan ni gyd yn gweld isio chdi, sti. 'Nest ti jyst sort of diflannu. Oedd neb wir yn dallt be oedd 'di digwydd, os oedd o achos Erin a Sam neu…"

Yn sydyn teimlai Leia'n ymwybodol iawn ohoni ei hun. Tynnodd ei llewys dros ei dwylo.

"Ti'n gwbod be, Gwenno, sori, raid i fi fynd. Newydd gofio bo' fi fod yn cyfarfod rhywun. Sori. Neis ofnadwy gweld chdi. Wela i di eto, ia?"

"O, iawn," meddai Gwenno, wrth i Leia droi i adael. "Fydda i adra dros yr haf so os tisio drinc neu fynd am dro neu rwbath? Dwi dal efo'r un rhif."

Ond roedd Leia eisoes wedi troi a cherdded oddi yno, gan dynnu ei hwd dros ei phen er bod y diwrnod yn fwyn.

*

"Be sy'n bod arna chdi?" gofynnodd Gwyn am yr eildro y prynhawn hwnnw. Roedd criw wedi ymgasglu yn yr ardd a'r gerddoriaeth a'r cwrw'n llifo. Yn lle ateb, gafaelodd Leia yn y sbliff oedd yn llaw ei ffrind a thynnu'n ddwfn arno. Daliodd y mwg yn ei hysgyfaint am hir cyn ei chwythu allan i'r awyr yn araf.

"Dim, dwi'n iawn. Pasia hwnna 'nei di?" meddai wedyn, gan bwyntio at y bag o bowdr gwyn oedd ar y bwrdd.

"A chroeso," atebodd Gwyn, gan basio'r bag a cherdyn banc i Leia. "Ti angen peth 'swn ni'n ddeud, blydi wynab tin arna chdi drw' dydd."

Dechreuodd Leia ar y ddefod gyfarwydd o estyn y powdr a'i siapio'n llinell hir, dwt cyn gafael yn y gwelltyn a'i roi yn ei thrwyn. Fflachiodd wyneb Gwenno o'i blaen eto wrth iddi amsugno'r llinell. Roedd gweld ei hen ffrind wedi ei hysgwyd; wrth weld Gwenno roedd Leia wedi gweld ei hun.

"Rywun ffansi mynd lawr i'r doc?" gofynnodd Chris, wrth ddawnsio o gwmpas yr ardd fel petai mewn gŵyl gerddoriaeth. "Cym on, bois!" Gwaeddodd ar dop ei lais, y gymysgedd oedd yn llifo trwy ei waed yn ei roi ar ben y byd. "Ma'n ddiwrnod ffocin lyfli! Awn ni am dro? Cym on!" A gyda hynny dechreuodd ambell un o'r criw godi ar eu traed a gafael yn eu caniau i ddilyn Chris. Wrth arwain y congo allan oedodd am eiliad wrth ymyl Leia a stwffio bag bach plastig i'w llaw.

"Be bynnag sy'n bod, Lei, dio ddim byd all un o heina ddim sortio," meddai gyda winc, cyn diflannu fel y pibydd brith allan o'r tŷ.

Ar ôl i bawb adael aeth Leia i'r tŷ a syllu yn y drych. Estynnodd ei bag colur. Cuddiodd y bagiau du o dan ei llygaid a'r hoel coch ar ei bochau. Tynnodd linellau du, trwm o amgylch ei llygaid. Peintiodd ei haeliau yn dywyll. Llyncodd ddwy o'r tabledi.

Yn hwyrach y noson honno sylwodd Leia ei bod wrth y doc ar ei phen ei hun. Curai ei chalon yn wyllt. Estynnodd ei ffôn ond roedd y sgrin yn ddu. Agorodd ei phwrs; allai Leia ddim dweud ar beth oedd hi wedi gwario'r tri deg punt, ond roedd y pwrs yn wag.

Dechreuodd gerdded nes ffeindio ei hun o flaen drws glas. Roedd arwydd bach arno yn dweud Croeso. Tu mewn i'r drws disgleiriai golau melyn, cynnes yr olwg. Doedd neb o gwmpas. Darllenodd y llythrennau mawr oedd uwch y drws. Preswylfa. Agorodd y drws a cherdded i mewn.

28

Er bod Leia yn cyfrif ei hun yn sinig, allai hi ddim peidio â gwenu. Roedd yr awyr yn glir a'r haul yn gryf, roedd ei theulu i gyd o'i chwmpas a'i chariad wrth ei hochr, ei law yn gynnes yn ei llaw.

Trodd i edrych arno ac roedd yntau'n gwenu hefyd. Roedd rhywbeth am briodasau oedd yn gwneud i bopeth deimlo'n iawn am funud bach.

"I Glesni a Rhodri!" meddai Hywyn, wrth i'r pâr priod gerdded i mewn i'r plasty oedd wedi ei addurno i edrych fel cornel fach o'r nefoedd, gyda les gwyn a chelyn lond y lle.

"I Glesni a Rhodri!" atebodd pawb ag un llais, gan godi eu gwydrau yn uchel, y ffotograffydd yn gwibio o le i le yn trio dal pob eiliad berffaith.

Roedd yr wythnosau diwethaf wedi teimlo ychydig bach fel bod ar gamera i Leia. Bob hyn a hyn byddai'n pinsio ei hun, i wneud yn siŵr mai hi oedd hi o hyd, ac mae ei bywyd hi oedd hwn.

Yn anorfod yn y diwedd, bu raid iddi symud yn ôl adref.

Doedd Chris a hithau ddim wedi llwyddo i ffeindio unrhyw le arall oedd o fewn eu cyllideb fechan, ac roedd Dewi yn benderfynol o werthu. Felly pan ddaeth yr amser roedd Leia wedi gorfod llyncu ei balchder a gofyn i'w rhieni a fyddai'n iawn iddi symud adref eto, dim ond am gyfnod byr, ac roedd y ddau wedi dweud bod croeso iddi, unrhyw dro. Er mawr syndod i Leia roedd bod adref eto wedi bod yn haws na'r disgwyl. Ac roedd pethau'n mynd yn dda efo Sam. Yn dda iawn a dweud y gwir. Tasa rhywun wedi dweud wrthi fis ynghynt y byddai Sam yn sefyll yma heddiw, wrth ei hymyl ym mhriodas ei chwaer, yn gafael yn ei llaw, fyddai hi ddim wedi credu.

Er mai ei ferch hynaf oedd yn priodi heddiw, mynnai llygaid Hywyn droi at ei ferch ganol. Fyddai o ddim wedi cyfaddef hyd yn oed petai rhywun yn dal cyllell finiog ar ei wddw, ond Leia oedd ei ffefryn. Gwelai hi'r byd mewn ffordd wahanol i bobl eraill, ac roedd wrth ei fodd yn ei chael adref eto. Nid ei bod hi yno lawer a dweud y gwir, rhwng y Ganolfan a thŷ Sam. Edrychai'r ddau mor fodlon, meddyliodd. Rhyfedd iddynt fod yn ffrindiau cyhyd heb i ddim ddigwydd tan rŵan.

Cymerodd Hywyn lwnc mawr o'r siampên drud a chyfrif ei fendithion. Doedd dim angen poeni am Glesni a Gwawr, roedden nhw wastad â'u trwyn ar y maen ac yn llawn bwriad a gobaith, ond roedd Leia wedi rhoi mwy nag un blewyn gwyn a noson ddi-gwsg iddo dros y blynyddoedd diwethaf.

A dyma hi rŵan, ar ôl popeth, yn hapus, yn hapusach nag oedd o wedi ei gweld ers amser maith.

Wedi'r areithiau a'r wledd a thorri'r gacen daeth egwyl, ac roedd Sam a Leia'n falch o'r cyfle i ddianc allan am awyr iach. Roedd Leia'n trio rhoi'r gorau i smocio ac wrth i'r ddau grwydro'r llwybrau o gwmpas y plasty roedd ei bysedd yn gwingo.

"Tisio smôc, dwyt?" meddai Sam gan edrych arni.

"Yndw, ers tua naw o gloch bora 'ma," chwarddodd Leia'n onest. "Ond dwi ddim am gael un. Helpa fi feddwl am wbath arall, plis! Unrhyw beth."

Gafaelodd Sam yn ei llaw a'i harwain i lawr at yr afon. Roedd mainc yno, ac eisteddodd y ddau i wylio'r dŵr yn byrlymu, y dydd yn rhewi'n arian o'u cwmpas.

"Wel, dwi wedi bod isio gofyn i chdi... sori, ma siŵr ddylswn i ddim heddiw, a dwi'm isio sbwylio petha ond dwi jyst yn teimlo bo' ni'n gorfod siarad rhywbryd, am be ddigwyddodd."

Llyncodd Sam y lwmp mawr oedd lond ei wddw cyn trio mynd yn ei flaen.

"Y stwff 'ma i gyd, y llanast efo, efo Erin." Bron ei fod ofn dweud yr enw, ond gwyddai yn ei galon y byddai'n rhaid i'r ddau siarad am y peth cyn y gallent fod efo'i gilydd yn iawn. Clirio'r aer, dyna fyddai ei fam wedi'i ddweud.

"Wel, rŵan dwisio smôc!" meddai Leia, gan wneud ei

gorau i ysgafnhau'r awyrgylch. Tynnodd ei siol werdd yn dynnach am ei hysgwyddau.

"O'n i jyst methu coelio," meddai Leia'n sydyn, gan sylweddoli ei bod hi'n barod i gydnabod y briw oedd wedi brifo cyhyd wedi'r cwbl. "Ar ôl y noson 'na efo'n gilydd ar y traeth, pan ddudodd Erin wedyn bo' chi wedi bod efo'ch gilydd noson prom Chweched, o'n i jyst... Dwi'n gwbod o'n i 'di dropio allan ac oeddan ni heb weld ein gilydd lot ac oedd pethau bach yn weird a bob dim efo dy fam... Ma siŵr na fi sy'n wirion ond o'n i dal methu coelio. O'n i dal yn meddwl bod 'na rywbeth rhyngddan ni. Ac Erin, o bawb. Erin!"

Roedd Sam yn syllu ar y dŵr o hyd ond daeth ei ateb yn gynt na'r llif.

"O'n i'n amau mai rhywbeth fel'na oedd wedi digwydd," meddai, gan ysgwyd ei ben a rhwbio ei war. "Dwi 'di bod yn meddwl a meddwl ers i chdi anfon y tecst 'na. Es i ddim efo hi y noson yna, Leia. Y noson yna nath hi ddweud wrtha i bo' chdi'n cysgu efo Huw. Ac o'n i jyst, o'n i braidd yn broken, sti, rhwng bob dim. Oeddan ni newydd golli Mam, ac o'n i dal i feddwl y basa chdi..."

Yn sydyn teimlodd Sam ddagrau yn llosgi ac yn bygwth. Gwasgodd ei lygaid yn ffyrnig i geisio eu hatal.

"Es i ddim efo hi'r noson yna, Leia. Tua mis wedyn ella? Ar ôl iddi hi ddeud wrtha fi droeon bo' chdi a Huw yn... wel, dyna pryd nath o ddigwydd. A doeddan ni ddim yn siriys rili, sti, oedd o jyst, oedd o fel bod hi in charge ac o'n i… dwi'm yn siŵr. Dwi ddim yn gwneud esgusodion ond ro'n i fatha bo' fi mewn rhyw trance ar ôl bob dim oedd wedi digwydd. O'n i ddim yn meddwl yn strêt."

Trodd Leia ato a cheisio gwneud synnwyr o'i eiriau.

"Felly pan nath hi ddeud wrtha fi bo' chi 'di cysgu efo'ch gilydd ar ôl y prom, doeddach chi ddim?"

"Na!" meddai Sam yn daer. "A pan nath hi ddeud bo' chdi a Huw efo'ch gilydd, doeddach chi ddim?"

"Nag oeddan," atebodd Leia, gan godi ei phen a syllu ar yr awyr oedd yn duo fesul eiliad. "Na. Dim byd. Misoedd wedyn 'nes i a Huw jyst, wel, oedd o'm byd rili. Jyst unwaith neu ddwy mewn partis a stwff. Oedd o'n golygu dim byd. Ma'n siŵr bod hi 'di bod yn llenwi pen Huw efo ryw gelwydda hefyd, do."

Eisteddodd y ddau yn dawel am eiliad, gan wrando ar sŵn y dŵr a gadael i'r holl wybodaeth newydd gyrraedd eu meddyliau yn iawn, fel carreg yn suddo i wely'r afon.

"Chdi o'n i isio, Leia. Chdi dwi isio. Ers y cychwyn. Ers i fi gyfarfod chdi gynta rioed yn Blwyddyn 2. Chdi…"

Trodd Leia ato a syllu i'w lygaid mawr tywyll. Roedd hi ar fin ei ateb pan ddaeth bonllef o gyhoeddiad o'r plasty.

"Foneddigion a foneddigesau, sefwch yn barod am y ddawns gyntaf, os gwelwch yn dda!"

Doedd dim dagrau gan Leia i'w sychu.

"Hold that thought," meddai. "Ma Glesni a Rhodri wedi dysgu rwtîn ar gyfer y ddawns gynta a mae o'n mynd i fod y peth mwya crinj erioed. Tyrd!"

Ac wrth i'r ddau chwerthin a brysio'n ôl am y plasty cododd Sam ei lygaid am eiliad, gan geisio gweld mwy nag awyr dywyll.

29

"Iawn, Kev?"

Daeth y Swyddog Prawf â chwa o wynt oer efo fo trwy'r drws.

"Yndw wir, yndw wir, Leia!" meddai, gan dynnu ei gap a'i fenig cyn rhwbio ei ddwylo efo'i gilydd yn ffyrnig. "Dwi newydd roi'r neges Out of office ymlaen, fydd dim rhaid i mi ddelio efo chdi a dy sort tan flwyddyn nesaf. Happy days!"

Gwenodd Leia a rowlio ei llygaid, ond doedd y dyn ddim yn dân ar ei chroen bellach. Edrychodd arno yn gafael yn dynn yn ei het wrth syllu ar y plant bach yn canu, rhyw olwg wirion ar ei wyneb. Ond chwarae teg roedd o wedi gwneud ffafr â hi heno.

"Duwcs, ddo' i i wylio'r ymarfer côr heno, Leia, a chloi," meddai ar ôl picio mewn amser cinio a gweld bod angen i rywun fod yn y Ganolfan y noson honno ar gyfer ymarfer olaf y côr plant cyn y cyngerdd Nadolig. "Dwi'n siŵr bod gen ti bethau gwell i wneud dridia cyn Dolig, does? Galwa fo'n bresant Dolig cynnar!" Cyn ychwanegu dan ei wynt,

"A ga i sbario treulio oriau yn lapio presanta hefyd!"

"Wow, diolch, Kev! Arna fi beint i chdi!" meddai wrtho yn falch. Byddai hynny'n golygu noson rydd, annisgwyl.

"Ti'n un am garolau, Kev? Ta dim ond rei sy'n sôn am fulod?" gofynnodd, yn dal i dynnu arno hyd heddiw ei fod yn or-hoff o anifeiliaid.

"Nefi wen, dos, wnei di? Dos o 'ngolwg i, cyn i mi newid fy meddwl!"

A gan chwerthin lapiodd Leia ei sgarff am ei gwddw, tynnodd ei het am ei phen a chychwyn allan, cyn troi yn ei hôl am eiliad i edrych ar wynebau'r plant bach dan y golau Nadolig.

Penderfynodd fynd adref i weld beth oedd hanes pawb. Roedden nhw i gyd wedi bod mewn hwyliau da'r bore hwnnw gan y bydden nhwythau hefyd yn rhoi'r nodyn Out of office ymlaen am bump y prynhawn. Ar ben hyn roedd naws gynnes, glyd yn y tŷ ar ôl i Diane addurno'r goeden a gosod y sanau Nadolig, er bod pawb yn llawer rhy hen i ddisgwyl Siôn Corn erbyn hyn.

Wrth agosáu sylwodd bod torchen Nadoligaidd euraidd wedi ymddangos ar ddrws glas ei chartref ers iddi adael y tŷ'r bore hwnnw. Yn ddiweddar roedd wedi dod i sylwi gymaint oedd Diane yn ei wneud. Pethau nad oedd wedi croesi ei meddwl o'r blaen. Yn gant a mil o bethau bach a mawr, oedd yn gwneud bywyd yn brafiach i'w theulu; tanio canhwyllau oglau neis, gwneud yn siŵr bod digon o bapur toilet yn y lle chwech, gwneud yn saff bod sos coch yn yr oergell bob amser. Penderfynodd Leia yn y fan a'r lle y byddai'n diolch i'w mam am y pethau yma dros y Nadolig; doedd hi ddim yn siŵr pryd na sut eto, ond roedd hi am ddweud diolch.

Gwthiodd y drws ar agor a'i gau eto'n sydyn i gadw'r gwres i mewn.

"Helô?" Roedd tanllwyth o dân yn y stof ond neb ar y soffa o'i flaen.

Tynnodd ei chôt a chychwyn fyny'r grisiau am ei stafell. Sylwodd bod y golau ymlaen ac agorodd y drws a synnu wrth weld ei rhieni yn eistedd ar ei gwely a golwg od arnyn nhw.

"Be sy?" gofynnodd yn reddfol. "Be sy? Ydy pawb yn iawn? Be sy 'di digwydd?"

Sylwodd bod y ddau'n eistedd yn agos at ei gilydd, a bod ei thad yn gafael am ddwylo ei mam, fel petai'n trio ei chael i aros yn llonydd.

"O mai god, be sy?" gofynnodd Leia eto, gan geisio dyfalu beth oedd yn gyfrifol am yr olwg ddifrifol ar wynebau ei rhieni.

"Oeddan ni'n meddwl y basa petha'n wahanol tro 'ma, Lei," meddai Hywyn yn ei lais pwyllog arferol. Edrychodd ar Diane a gostyngodd hithau ei llygaid at ei gliniau, fel petai methu edrych i lygaid ei merch.

“Ma dy fam wedi ffeindio rhain heddiw, wrth glirio dy stafell di,” ac wrth ddweud hyn agorodd Hywyn ei law a dangos bag plastig yn llawn o dabledi bach, crwn.

Edrychodd Leia ar ei rhieni, ac ar y bag bach plastig, gan fethu gwneud synnwyr o’r peth.

“Be?” Gwyddai beth oedden nhw heb fynd yn nes. “Wel, ddim fi bia nhw! Wir yr! Dwi’m yn cymryd y stwff ’na ddim mwy. Go iawn, dach chi’n coelio fi, dydach? Ddim fi bia nhw! Dwi’m yn gwbod o lle ma nhw wedi dod!”

Gallai glywed y panig yn ei llais ei hun, ac yn sydyn roedd y stafell yn fach ac yn boeth.

“Leia,” meddai Diane, ei llais yn anarferol o dawel ac undonog, fel petai wedi bod yn ymarfer yr hyn yr oedd hi am ei ddweud nesaf. “Ti’n gwbod bod ’na groeso i ti yma, yn dy gartra, bob amser, ond ddim tra ti’n cymryd y stwff yma.”

“Ond Mam!” atebodd Leia fel bwled.

“Na, gad i fi siarad,” mynnodd ei mam, ei llais bron â bod yn oeraidd.

“’Dan ni’n dy garu di. ’Dan ni’n rieni i chdi. Hwn ydy dy gartra di. Ond wnawn ni ddim rhoi to uwch dy ben di tra ti’n potsian efo’r shit ’ma, ti’n dallt? Wnawn ni ddim a dyna ddiwedd arni. Felly mi fydd yn rhaid i chdi sortio dy hun allan, neu…”

"Neu be?!" gofynnodd Leia, yn methu â chredu ei chlustiau erbyn hyn. "Neu be, Mam?!"

"Neu ffeindio rhywle arall i fyw, Leia. Efo rhywun sydd ddim yn meindio'r sothach 'ma. 'Dan ni wedi trio a thrio efo chdi! Wedi maddau ar ôl bob dim sydd wedi bod, ond nawn ni ddim jyst sbio'r ffordd arall tra ti'n gwneud beth bynnag lici di dan y to 'ma!" Erbyn hyn roedd Diane wedi codi ei llais a'i hwyneb yn dechrau cochi.

Safai Leia'n stond. Beth allai hi wneud? Doedden nhw'n amlwg ddim am ei chredu, beth bynnag fyddai hi'n ei ddweud. Pa ddewis oedd ganddi?

Cododd Diane a Hywyn a cherdded allan.

"Dad?" meddai Leia'n obeithiol, ond pan gododd ei thad ei lygaid i edrych arni allai hi ddim dioddef y siom ar ei wyneb.

Yn sydyn roedd ei gwaed yn berwi. O le ddaeth y stwff 'na? Ddim hi oedd bia fo. Ella fod Chris wedi roid o yn un o'i bagiau hi mewn camgymeriad wrth iddyn nhw bacio i adael y tŷ? Ond be rŵan? Doedd ei rhieni ddim yn ei choelio hi.

Gafaelodd yn un o'i bagiau cefn a stwffio tipyn o ddillad i mewn iddo. Edrychodd o'i chwmpas yn wyllt. Charger ffôn, nics glân a pads, weips tynnu colur, colur. Agorodd y cwpwrdd dillad yn barod i afael mewn ambell siwmper a phâr o jîns pan welodd y pentwr bychain o anrhegion Nadolig tila roedd hi wedi prynu i'w theulu gyda hynny o arian oedd ganddi. Roedd hi wedi bwriadu'u lapio nhw heno, a'u gosod o dan y goeden.

Rhoddodd y bag ar ei chefn a throi i edrych ar stafell ei phlentyndod unwaith eto cyn diffodd y golau, a rhedeg i lawr y grisiau. Gafaelodd yn ei chôt gynhesaf a thynnu'r drws glas tywyll ar ei hôl nes bod y dorch Nadolig yn crynu.

*

Dechreuodd ei bysedd crynedig chwilio am enw Sam, ond yna stwffiodd ei ffôn yn ôl i'w phoced. Roedd ei meddwl ar ras a'i chalon yn curo'n wyllt; ella y basa'n well iddi gael pum munud ar ei phen ei hun i brosesu'r hyn oedd newydd ddigwydd. Gwthiodd ei llaw dde i waelod poced fewnol ei chôt a sibrydodd ei diolch i'r nef wrth deimlodd siâp cyfarwydd a chysurlon y paced baco, y papur risla a'r leitar yn llechu yno.

Cerddodd tuag at y doc nes dod i stop wrth un o'r meinciau pren oedd tu hwnt i gyrraedd golau gwan y stryd. Eisteddodd a dechrau ar y ddefod gywrain o rowlio'r smôc; estyn y papur claerwyn, gosod y baco, rowlio'n araf i gael y siâp a'r trwch perffaith, llyfu'r papur. Chwythai gwynt oer y dwyrain rhwng hwyliau'r cychod oedd wedi eu hangori yn y doc gan hel sŵn chwibanu iasol dros y dŵr.

Tynnodd ei bawd ar hyd olwyn y leitar a theimlo'r rhyddhad yn llifo wrth gael ei blas cyntaf o smôc ers wythnosau. Teimlai fel cyrraedd adref, neu weld hen ffrind. Caeodd ei llygaid a gadael i'r wefr lenwi ei chorff.

Ystyriodd ei hopsiynau. Efallai, petai hi'n rhoi ychydig o bellter a noson neu ddwy o lonydd i'w rhieni, efallai y bydden nhw yn cael cyfle i feddwl a chysidro efallai ei bod hi'n dweud y gwir. Ond pam na allen nhw ei choelio hi rŵan? Er gwaethaf popeth oedd wedi digwydd, dylai fod ei gair yn dal i gyfrif. Ciciodd gerrig mân gyda'i bŵts a'u gwylio yn bownsio oddi wrthi.

Tynnodd ar ei smôc yn ddwfn ac yna synhwyrodd fod rhywun gerllaw. Llais Sam oedd hwnna?

Yn reddfol ciliodd yn ôl ymhellach i dywyllwch yr adeilad oedd tu cefn iddi, a gwelodd ddau ffigwr yn agosáu. Rhewodd ei gwaed wrth iddi adnabod yr ail lais.

Cerddodd y ddau heibio heb sylwi arni. Gwyliodd nhw'n cerdded heibio. Allai hi ddim dal eu sgwrs yn iawn. Rhywbeth am barti? Ac am faddau? Gwyliodd nhw yn cerdded mor agos, gan deimlo ei thu mewn yn llosgi, yn gwegian. A'r eiliad nesaf, wrth weld y ddau gysgod yn gwyro'n nes at ei gilydd ac yn cusanu, teimlodd ei hun yn torri'n fil o ddarnau mân.

Allai hi ddim gwylio. Gafaelodd yn ei bag a rhedeg. Rhedodd i lawr y llwybr cul, tywyll oedd yn cysylltu'r doc a'r Stryd Fawr. Rhedodd a rhedodd, nes ffeindio ei hun wrth y siop feics. Doedd ganddi ddim cynllun, dim bwriad, ond dyna lle'r oedd hi, yn gweld ei hun yn gwthio'r rhifau mewn i'r blwch diogelwch, yn diffodd y larwm, yn union fel roedd Sam wedi'i wneud ychydig wythnosau ynghynt.

Gallai deimlo pob un blewyn ar ei chorff ond roedd hi hefyd fel petai mewn trwmgwsg. Roedd hi'n symud yn gyflym, ond hefyd yn cerdded trwy fwd.

Agorodd y til. Gafaelodd yn y papurau a'r darnau arian i gyd a'u tywallt i mewn i'r bag. Caeodd y til. Edrychodd o'i chwmpas yn wyllt, y chwys yn llifo i lawr ei chefn, ei chôt gaeaf yn rhy boeth.

Gwelodd resiad o feics. Gafaelodd yn yr agosaf ati a cherdded ag o allan o'r adeilad, cyn tynnu'r drws ar ei hôl yn dawel. Dim larwm. Dim llygad-dystion. Dim byd wedi digwydd.

Neidiodd ar y beic a dechreuodd feicio. Pryd oedd y tro diwethaf iddi fod ar gefn beic? Wrth iddi wthio'r pedalau teimlodd ei chyhyrau'n deffro. Curodd ei chalon a gallai glywed y curiad yn ei chlustiau.

Wrth iddi droi fyny'r lôn droellog oedd yn codi o'r dref, yn trio cofio faint o'r gloch oedd y trên olaf yn gadael yr orsaf, sylwodd ar siâp tywyll ar y llawr. Roedd rhywbeth, neu rywun yno, yn gorwedd ar hyd y llwybr. Doedd ganddi ddim dewis ond dod i stop.

"Oooo," griddfanodd y siâp.

Ac er syndod iddi, roedd Leia'n adnabod y llais.

"Caradog?" Neidiodd oddi ar y beic i gael golwg well. "Caradog, dach chi'n iawn?"

Edrychodd yr hen ŵr arni'n syn, ei wyneb yn welw ac yn llawn ofn.

"Leia?" gafaelodd yn ei frest gydag un llaw ac estyn ati hi gyda'r llall. Roedd bag wrth ei ochr ar y llawr, a gallai Leia weld bod bocs o wyau wedi disgyn allan ohono a thorri'n smonach melyn.

Fel petai newydd gamu oddi ar reid mewn ffair, roedd pen Leia'n troi. Gallai weld wyneb Caradog yn llawn ofn, wyneb siomedig ei thad, gallai glywed llais cynnes Sam, a llais Erin fel cyllell. Ac yn pellter, gallai glywed lleisiau'r plant a'r carolau Nadolig yn dianc trwy ddrws y Ganolfan allan i'r nos.

30

Eisteddai pawb yn barod i fwynhau'r sioe, sawl un mewn crys-t neu ffrog haf o hyd, er ei bod yn ddiwedd Medi. Roedd y ffenestri i gyd ar agor led y pen. Safai Leia reit yn y cefn yn edrych ar y rhesi o'i blaen. Roedd y Ganolfan dan ei sang, y seddi'n llawn o ffrindiau a theuluoedd balch, pawb ar bigau i weld Sioe Haf Bach Mihangel gyntaf Llanfechan.

Gallai glywed sawl un yn trafod y set yn llawn edmygedd; o'u blaenau roedd golygfa dri dimensiwn enfawr o draethau euraidd, mynyddoedd gwyrddion, melinau gwynt, cerbydau'n hedfan a'r Ganolfan Gymunedol yn y canol, dipyn mwy nag ydy hi rŵan, gyda phaneli solar dros y to i gyd. Roedd y criw ieuenctid a'r clwb celf, dan arweiniad brwdfrydig Sarah Lloyd wedi bod wrthi am wythnosau yn paratoi'r cwbl ac roedd y canlyniad yn drawiadol dros ben.

Rhywbeth roedd Sam wedi ofyn iddi wrth iddyn nhw gerdded llwybr yr arfordir oedd wedi sbarduno'r cyfan.

"Wyt ti'n meddwl am y dyfodol weithiau, Lei?"

Edrychodd arno. Doedd hi ddim. Dros y misoedd diwethaf, ers y noson honno, roedd hi wedi goroesi fesul diwrnod.

"Pwy wyt ti isio bod mewn pump, deg, dau ddeg mlynadd? Sut le wyt ti'n meddwl fydd Llanfechan mewn deg, dau ddeg, tri deg mlynadd?"

Meddyliodd am lanast y misoedd oedd newydd basio, am y dagrau a'r gweiddi i gyd. Pan ofynnodd Sam y cwestiwn yma iddi, doedd hi ddim yn rhy siŵr pwy oedd hi, heb sôn am bwy oedd hi eisiau bod yn y dyfodol pell nac agos.

Ar ôl edrych ar Caradog mewn poen ar lawr am rai eiliadau hir y noson honno, gwnaeth ei phenderfyniad ac estyn ei ffôn i alw am ambiwlans. Rhoddodd y beic i bwyso yn erbyn y wal a gwyrodd ar ei chwrcwd.

"Mi fydd popeth yn iawn, 'na i aros efo chi. Siaradwch efo fi rŵan, mi fydd yr ambiwlans yma mewn dim."

Prin ei bod hi'n credu ei geiriau ei hun wrth edrych ar ei ffrâm fregus ar y llawr oer, caled, a'r gwaed yn dod o'i ben, ond ceisiodd ei gorau i roi arddeliad yn ei llais.

"Ddim yn hir rŵan, arhoswch efo fi, Caradog. Dwi yma. Dwi yma."

Erbyn i'r ambiwlans gyrraedd roedd criw o bobl wedi ymgasglu i weld beth oedd yn bod ac i gynnig helpu, ond roedd Leia wedi esbonio bod y sefyllfa dan reolaeth, roedd yr ambiwlans ar ei ffordd, roedd hi'n ei adnabod. Roedd o'n ffrind. A phan ddaeth yr ambiwlans aeth i mewn ar ei ôl heb feddwl ddwywaith, a gafael yn ei law yr holl ffordd.

Ar ôl iddo gael gwely, ac i'r doctoriaid ddweud y byddai'n iawn, mai trawiad bach arall roedd o wedi ei gael ond bod popeth yn edrych yn ocê, byddai ei ben yn mendio, dyna pryd y gafaelodd Leia yn ei ffôn i ffonio Sam.

"Erin. Weles i chi. Weles i chdi a hi, Sam."

Roedd hi wedi bwriadu cyfaddef popeth am y beic a'r arian ond dyna'r geiriau ddaeth o'i cheg.

"O Lei," atebodd Sam, ei galon yn rasio. "Be welist ti? Lle oedda chdi? Nath Erin ffonio fi yn deud bod hi adra dros Dolig ac yn gofyn os fasa hi'n cael siarad, a 'nes i ddeud iawn achos o'n i isio cyfle i ddeud wrthi amdanan ni, ac i ddeud wrthi gymaint o bobol roedd hi wedi ei brifo efo'i holl glwydda."

Cododd Leia ei llawes i sychu ei hwyneb wrth wrando.

"Ro'n i'n meddwl bod be o'n i'n ddeud wrthi wedi sincio fewn, ond fel oeddan ni'n troi allan o'r doc dyma hi'n trio mynd efo fi. Siriysli, dydy'r hogan ddim yn iawn, Leia. Dwi'm yn meddwl ei bod hi'n hapus, sti. Ond dwi'n gaddo, 'nes i wthio hi i ffwrdd a deud wrthi lle i fynd. 'Nes i ddeud bo' fi efo chdi, bo' ni efo'n gilydd, Leia. Wir, dyna ddigwyddodd."

Ac roedd Leia'n ei gredu. Roedd hi'n nabod Sam yn well na neb. Gwyddai ei fod yn dweud y gwir, a teimlodd ei thu mewn yn troi'n un llanast poeth.

"Sam, dwi 'di gneud rhywbeth."

A dywedodd y gwir i gyd. Am ei rhieni, y cyffuriau, am ei weld o ac Erin, y pres, y beic, Caradog. Popeth.

Bu'r lein yn dawel am hir cyn i Sam roi'r ffôn i lawr.

*

Wrth i'r wythnosau basio, gwnaeth Sam ei orau i aros yn flin efo hi; roedd yr hyn wnaeth hi yn anfaddeuol, yn anfoesol. Ceisiodd orfodi ei hun i fod yn gandryll efo Leia, ond ar ôl blynyddoedd hebddi ac yna cael treulio'r wythnosau hynny cyn y Nadolig yn ei chwmni, allai o ddim anwybyddu bod yr hiraeth a deimlai yn trechu ei wylltineb a'i siom. Roedd o wedi colli ei fam ac wedi dod yn agos at golli ei dad. Yn ugain oed, roedd Sam yn gwybod yn well na llawer un fod bywyd yn fyr a phobl yn werthfawr.

Felly, ar noson fwyn ym mis Ebrill, ar ôl i'w galon suddo eto wrth weld mai Carol, un o'r gwirfoddolwyr oedd yn y Ganolfan ar gyfer y wers carate, nid Leia, cerddodd draw at dŷ Caradog, heb drafferthu newid o'i wisg wen hyd yn oed, a chanu'r gloch.

"Sam!"

Doedd o ddim wedi meddwl beth i'w ddweud, ond roedd dwy ffaith wedi crisialu yn ei ben dros y pedwar mis diwethaf. Dyma'r cwbl y gwyddai ei fod yn wir.

"Ti'n gneud pethau hollol wirion, sy'n gneud dy fywyd

di a bywydau pobol eraill yn llanast llwyr. Ond dwi dal methu peidio… Dwi jyst… dwi'n dy garu di, Lei."

Safodd Leia'n stond ar stepen drws ei chartref dros dro, prin yn coelio ei llygaid na'i chlustiau.

"Tisio panad? Mae'r teciall newydd ferwi. A mae 'na KitKat hefyd, os tisio."

Gwenodd Sam led y pen, a chamu i mewn gan dynnu'r drws ar ei ôl.

*

Ar ôl i Sam ofyn iddi beth oedd hi'n ei weld yn ei dyfodol ei hun a dyfodol y pentref, roedd y cwestiwn wedi bod yn troi a throi yn ei phen. Pwy oedd hi eisiau bod mewn deg, ugain, tri deg mlynedd? A sut le fyddai Llanfechan erbyn hynny?

Ffeindiodd ei hun yn gofyn yr un cwestiwn i bobl eraill y byddai hi'n eu gweld yn y Ganolfan, a mwynhau gwrando ar atebion gwahanol bobl. O Nico bach, a ddywedodd yn awdurdodol iawn y byddai adeiladau wedi eu gwneud yn gyfan gwbl allan o Lego yn Llanfechan erbyn hynny, i Caradog, oedd yn gobeithio y byddai system fysus trydanol yn y dref erbyn hynny, yn teithio'n gyson ac am ddim i bawb, ac o Kevin, oedd wedi ei synnu wrth ddweud y byddai o'n hoffi gweld Canolfan Gymunedol bedair gwaith maint yr un yma, oherwydd mor bwysig oedd y lle i'r dref, at Sam, oedd wedi dweud y byddai'n hoffi petai triniaeth gwbl lwyddiannus i gancr erbyn hynny, ac y byddai newid hinsawdd yn hen hanes.

Wrth i'r holl syniadau hyn droi ym mhen Leia, dechreuodd feddwl y byddai'n dda eu rhannu. Yn ddiweddar doedd hi ddim yn teimlo fel petai'n gwybod llawer o gwbl, ond roedd hi'n gwybod bod y rhain yn bethau gobeithiol, yn syniadau oedd yn gwneud i rywun gredu mewn posibilrwydd, ac ail gyfle.

Er bod Sam wedi dychwelyd y beic a'r arian i'r siop feics y noson honno, ac wedi dweud na fyddai'n rhoi gwybod i'r heddlu, roedd Leia wedi dewis dweud wrth ei rhieni. Roedd eu siom yn llethol, yn waeth nag oedd Leia wedi ei ddychmygu hyd yn oed, a doedden nhw prin wedi torri gair â hi ers iddi gyfaddef.

Bob hyn a hyn taflai Leia gipolwg at y drws. Roedd y sioe ar fin cychwyn, ond doedd dim golwg ohonyn nhw. Efallai ei bod yn disgwyl gormod iddyn nhw ddod, ond roedd wedi teimlo llygedyn o obaith wrth roi'r gwahoddiad trwy'r drws glas yr wythnos gynt, gydag awel braf yn dod o'r môr, a haul oren Medi lond yr awyr.

"Foneddigion a foneddigesau," meddai Jane o'r llwyfan, gan roi nòd ar Leia i fynd i gau'r drws.

"Gwnewch eich hun yn gyfforddus, rydyn ni ar fin dechrau."

Trodd Leia i gau'r drysau ond cyn iddi wneud daeth wyneb ei mam i'r drws.

"Paid â chau," sibrydodd. "Ma Dad yn dod rŵan, mae o jyst 'di picio i siop i nôl Mint Imperials ar gyfer y sioe." Cyffyrddodd ei mam ei hysgwydd yn ysgafn cyn mynd i eistedd drws nesaf i Meical yn y rhes gefn, a theimlodd Leia lwmp yn ei gwddw.

Daeth cerddoriaeth o'r tu blaen wrth i'r band agor y sioe, a llithrodd llaw fawr gynnes i'w llaw fach hi. Sam. Gwyddai heb edrych. Gwenodd y ddau ar ei gilydd; roedd llawer o ymarfer wedi bod dros fisoedd yr haf, a heno oedd y noson fawr. Wrth i Caradog a Nico gamu i'r llwyfan yn barod ar gyfer eu golygfa, gafaelodd Leia'n dynn yn llaw Sam. Dim ond pythefnos oedd nes ei fod yn mynd am Leeds, ac er gwaethaf eu holl addewidion, pwy a ŵyr beth fyddai'n digwydd wedyn? Ond am heno, roedd o yma. Gafaelodd yn dynn.